编委会

顾问：

李润田　王才安　孙培新　王文金　张秉义　关爱和　娄源功

编委会主任：

卢克平　宋纯鹏　张锁江

编委会副主任：

谭　贞　张宝明　季　波　许绍康　孙君健　孙功奇　杨朝阳
王学路　冯淑霞　傅声雷　张立新

编委会委员：（按姓氏拼音排序）

蔡　军　程遂营　丁翼虎　冯淑霞　傅声雷　洪　浩　桓占伟
姬志闯　季　波　孔令刚　李永鑫　卢克平　苗长虹　祁琛云
任东景　宋丙涛　宋纯鹏　孙功奇　孙君健　谭　贞　王鹏飞
王思琦　王性玉　王学路　武新军　席卫权　许绍康　杨朝军
杨朝阳　杨光辉　杨国安　于华龙　展　龙　张宝明　张大超
张立新　张锁江

丛书主编：

孙君健

执行主编：

展　龙　杨国安　桓占伟

副主编：

丁翼虎　孔令刚

"夷门传薪学人传"丛书

丛书主编　孙君健
执行主编　展　龙　杨国安　桓占伟

夷门传薪学人传
郭豫才

李玉洁　著

河南大学出版社
·郑州·

图书在版编目(CIP)数据

郭豫才 / 李玉洁著. --郑州：河南大学出版社，2022.8
("夷门传薪学人传"丛书 / 孙君健主编)
ISBN 978-7-5649-5266-2

Ⅰ.①郭… Ⅱ.①李… Ⅲ.①郭豫才–传记 Ⅳ.①K825.46

中国版本图书馆 CIP 数据核字(2022)第 145847 号

夷门传薪学人传　郭豫才
YIMEN CHUANXIN XUEREN ZHUAN　GUO YUCAI

责任编辑	郑华峰
责任校对	谢明子
封面设计	翟淼淼
出版发行	河南大学出版社
地址	郑州市郑东新区商务外环中华大厦 2401 号
邮编	450046　电话：0371-86059701(营销部)
网址	hupress.henu.edu.cn
排　版	郑州市今日文教印制有限公司
印　刷	河南瑞之光印刷股份有限公司
版　次	2022 年 8 月第 1 版　印　次　2022 年 8 月第 1 次印刷
开　本	889 mm×1194 mm 1/32　印　张　6.25
字　数	139 千字　　　　　定　价　26.00 元

版权所有·侵权必究
本书如有印装质量问题,请与河南大学出版社营销部联系调换。

述往事思来者根在夷门

(总序)

夷门,是一个比开封还古老的名字。

夷门是战国魏都城的东门,因城门修在夷山之上,故名。

夷门最早的故事与魏公子无忌有关。无忌为战国时期魏国第五任君主魏昭王的小儿子。魏昭王去世后,无忌同父异母的哥哥圉继承王位,是为安釐王。安釐王封无忌于信陵(今宁陵),是为信陵君。信陵君的第一个故事是养士辅政。其时,魏国在与秦国的对抗中,处在不利地位。信陵君仿效齐之孟尝君、赵之平原君、楚之春申君的辅政方法,养士三千,诸侯因此不敢加兵于魏十余年。七十岁的夷门看守人侯嬴与屠夫朱亥,均为信陵君礼贤下士所交好友。信陵君的第二个故事是窃符救赵。公元前257年,秦围赵都城邯郸,赵王的弟弟平原君求救于魏。魏王派晋鄙率兵十万,到达邺地。但迫于秦威,止步不前。信陵君听取侯嬴之计,窃取虎符,与朱亥前往邺地。在晋鄙对虎符有疑时,朱亥椎杀晋鄙。信陵君率兵救了赵国。侯嬴在信陵君到达邺地时,自刎于夷门。

窃符救赵的故事发生一百余年后,司马迁寻访战国争雄的史迹,来到夷门。对千金一诺、侠义热血故事颇有兴趣的司马迁,在《史记·魏公子列传》中做了上述精彩描述,扣人心弦犹

1

如小说家言。信陵君事迹很多,司马迁只记礼士与救赵;信陵君在魏养士三千,详写的只有侯嬴与朱亥。传记的结尾,意犹未尽,作者再次称赞信陵君不耻下交的礼士精神:"吾过大梁之墟,求问其所谓夷门。夷门者,城之东门也。天下诸公子亦有喜士者矣,然信陵君之接岩穴隐者,不耻下交,有以也。名冠诸侯,不虚耳。"仁而谦恭,礼贤下士,成就大业。这是夷门叙事的第一重启示。

公元前99年,司马迁为李陵事获罪,受腐刑,因著书事业而隐忍苟活。受刑的第二年,朋友任安写信询问情况,司马迁写下了传诵千古的《报任安书》,完整描画了一个知识人最高最完美的理想:"近自托于无能之辞,网罗天下放失旧闻,考之行事,稽其成败兴坏之理,……凡百三十篇。亦欲以究天人之际,通古今之变,成一家之言。"据此话推定,《史记》已大致完成。今传《史记》有《太史公自序》,其有感于自己身世,而追述中国历史中圣贤发愤著述的传统:"昔西伯拘羑里,演《周易》;孔子厄陈、蔡,作《春秋》;屈原放逐,著《离骚》;左丘失明,厥有《国语》;孙子膑脚,而论兵法;不韦迁蜀,世传《吕览》;韩非囚秦,《说难》《孤愤》;《诗》三百篇,大抵圣贤发愤之所为作也。此人皆意有所郁结,不得通其道也,故述往事,思来者。"这种圣贤发愤著述的传统,是司马迁完成《史记》的支撑力量,也化为以立言为志的中国士人生生不息的精神资源。"究天人之际,通古今之变,成一家之言"与"述往事,思来者",共同成为读书人立言著述的最高理想。身为记述唐尧以来中国历史的史官司马迁,历史上却没有留下他本人卒年的记载。近代王国维考证,司马迁大约卒于汉武帝末年。勤奋于"述往事,思来者"之业,究天地之际,通古今之变,成一家之言,燃烧自我之身,不计身后之名。这是夷门叙事的第二重启示。

公元960年,北宋政权以开封为都城建立,从而创造了继唐代后又一个统一王朝的辉煌时代。此时距司马迁《史记》成书,已过去千年。夷门不在,夷山依旧。夷山之上,北宋皇祐元年(1049年)建起了开宝寺塔。塔体外立面均为褐色琉璃砖,浑似铁铸,民间俗称"铁塔"。1912年,铁塔南麓,建立了一所大学——河南留学欧美预备学校(今河南大学前身)。河南大学的学生均以"铁塔牌"自称。铁塔成为这所大学毕业生最早的logo(标签)。当年椎杀晋鄙的朱亥,因窃符救赵之功,被授相印,其封地原名聚仙镇,在北宋末,改称朱仙镇。岳飞抗金,取得朱仙镇大捷,也终没有挽救北宋王朝的命运。北宋的成功,在文治而不在武功。20世纪40年代,陈寅恪为邓广铭《宋史职官志考正》作序,有"华夏民族之文化,历数千载之演进,造极于赵宋之世"的称赞。一个以唐史研究见长的史学家,推重赵宋文化,绝非偶然。赵宋时期城与市合一,不需要再像《木兰辞》所言那样"东市买骏马,西市买鞍鞯"。城与市合一的开封,勾栏瓦肆林立,充满着人间烟火气。唐宋以来实行的科举制度,使寒族子弟也可以像世家子弟一样,通过个人的努力,通达社会与文化上层。读书人生气聚集之时,赵宋时期出现了士大夫阶层。士大夫具有超越特定族群、特定利益阶层的历史眼光和宽阔胸怀。祖籍大梁的北宋大儒张载不失时机提出的"为天地立心,为生民立命,为往圣继绝学,为万世开太平"的"横渠四句",成为新兴士大夫群体理想抱负的经典表达。士大夫群体的思想文化创造力活力四射,宋代理学家、史学家、文学家、音乐家、书法家、艺术家层出不穷,群星灿烂,造诣均达极高水平。宋代理学家将儒释道合一,重建儒学体系。新的儒学体系高扬道德的旗帜,以修齐治平调节士人人生期待,以伦理纲常整饬社会秩序。陈寅恪称赞欧阳修晚年所撰《五代史》的功劳在"贬斥势利,尊崇气节,遂一匡五代之浇漓,返之淳正。故天水一朝之文化,竟为我民族遗留之瑰宝。孰谓空文于治道学术无裨益耶?"五四运动过后二十余年,在抗战的炮火中,陈寅恪坚信造极于赵宋之世的华夏文化,本根未死,终必复振。理想、信念、毅力、气节,是读书人的禀赋;立心、立命、继绝学、开太平,为读书人的价值与责任。以治道学术服务国家人民,乃读书的正途与根本。这是夷门叙事的第三重启示。

北宋时期的国子监所在地位于现在的龙亭一带。明代这里辟为周王府。清初,河南贡院一度迁至辉县百泉,清顺治十六年(1659年)河南贡院在周王府旧址修建。因地势低洼积水,雍正九年(1731年)河南贡院迁至夷山南隅。1841年黄河发水,拆河南贡院房舍防洪,第二年重修,新建号舍万余间。1900年的庚子事变,北京用于国家会试的贡院被毁,河南贡院因房舍完好、交通便利,而在1903、1904年成为科举会试所在地。1905年废除科举,河南贡院就成为上千年科举制度的终结地。1912年,河南有识之士在河南贡院的校舍上创办河南留学欧美预备学校,1923年改建为中州大学,1930年易名省立河南大学。因此,从这套丛书的一个人物林伯襄1912年担任河南留学欧美预备学校的校长开始,河南大学叙事便与夷门叙事有了交集,夷门叙事所体现出的精神基因便在河南大学传承延展。与时俱进，百折不挠，在国家、民族站起来、富起来、强起来的百年沧桑中，河南大学以振兴教育、培养人才服务于民族自立、国家复兴和区域发展，成为中原大地高等教育的一棵参天大树。参天地之化，养浩然正气，育万千桃李，以教育报国。此为夷门叙事的第四重启示。

在河南大学迎来110周年校庆之际，学校编写出版"夷门传薪学人传"丛书，嘱我为序。在准备出版的二十多种学人传中，有在河南大学发展的重要节点上做出了重大贡献的主政者，绝大多数是在学校发展的不同时期在学术进步、人才培养方面成绩突出的教授。名人有言："大学者，非谓有大楼之谓也，有大师之谓也。"这些学者教授就是河南大学的大师。河南大学建立110年来，对国家、对民族的贡献，大部分是通过一代又一代心系桑梓、植根教育的千千万万教育工作者实现的，上述学者教授是千千万万教育工作者的代表。在河南大学这所百年名校中，"究天人之际，通古今之变，成一家之言"的学术创新是他们完成的；"为天地立心，为生民立命，为往圣继绝学，为万世开太平"的学术理想是他们实践的；"参天地之化，养浩然正气，育万千桃李，以教育报国"的百年辉煌是他们参与创造的。这是河南大学110年校庆要编辑出版"夷门传薪学人传"丛书的唯一理由。

有形夷门在司马迁生活的时期已经颓毁，而无形的夷门，留在司马迁的《史记》中，留在宋儒的横渠四句中，留在科举旧地与新式教育的交接中，留在河南大学生生不息的生命意志中。

在河南大学建校110年之际,河南大学的注册地移至郑州,但河南大学的办学精神,已经融入河南大学的基因与血脉之中。河南大学从留学欧美预备学校的成立,到今天的"双一流"建设,何尝不是河南有识之士与黄河儿女的"发愤"之作!国家兴亡,匹夫有责,读书人更有责。司马迁"发愤","述往事,思来者"而著"史家之绝唱,无韵之离骚";河南大学"发愤","述往事,思来者"而有发展进步的大手笔、大思路。让我们为之共同奋斗。

放眼寰宇的河南大学,根在夷门。

关爱和
2022年7月

(作者为河南大学教授、博士生导师,中国近代文学学会会长。曾任河南大学校长、党委书记。)

目 录

绪论 …………………………………………（ 1 ）
  一、中国考古学的先驱之一 ……………………（ 2 ）
  二、保护国家文物珍宝的功臣 …………………（ 5 ）
  三、对西南师范学院的奠基之功 ………………（ 8 ）

第一章 强烈的求知欲是成功的动力 …………（ 12 ）
  一、豫北平原上的耕读之家 ……………………（ 12 ）
  二、民国初年在省立中学读书的郭豫才 ………（ 14 ）
  三、在河南留学欧美预备学校 …………………（ 16 ）
  四、大学时代的郭豫才 …………………………（ 17 ）

第二章 才华初现 ………………………………（ 21 ）
  一、入职河南通志馆 ……………………………（ 21 ）
  二、胡石青先生 …………………………………（ 23 ）
  三、《禹贡》的创刊 ……………………………（ 26 ）
  四、"覃怀"的考证 ……………………………（ 29 ）
  五、明代河南诸王府之建置及其袭封的考证 …（ 30 ）
  六、"洪洞移民传说"的考实 …………………（ 38 ）
  七、《说文方言移录后记》 ……………………（ 43 ）

第三章 转职河南博物馆主持发掘琉璃阁 ……（ 44 ）
  一、受聘河南博物馆 ……………………………（ 44 ）

二、郑公大墓的大批文物促成河南博物馆创建
....（46）
三、河南博物馆收藏的藏品 ....（55）
四、河南琉璃阁遗址的发现与发掘 ....（56）

第四章　主持发掘琉璃阁遗址凝结的代表作 ....（59）
一、"毕"的认定和研究 ....（61）
二、"贝"的研究 ....（63）
三、古兵器的认定和研究 ....（65）
四、"甗"的认定和研究 ....（69）
五、先秦车舆制度的研究 ....（70）
六、"豆"及盛食器的认定和研究 ....（73）

第五章　河南博物馆文物的研究与豫西文物考察 ......（77）
一、1937年考察仰韶文化及对安特生观点的补充与驳斥
....（77）
二、广武"陶瑗"的考证 ....（80）
三、论述"地中" ....（82）
四、洛阳龙门石窟的调查与研究 ....（88）
五、"道光二十一年黄河围开封"的研究 ......（91）
六、井水文化的研究 ....（96）

第六章　抗战时期保护国家文物的功臣 ....（102）
一、国难当头及大中学校文化机构的迁徙 ......（102）
二、《河南通志》的颠沛流离与保存现况 ......（104）
三、保护河南文物南迁 ....（105）
四、河南文物的南迁路线考 ....（107）

五、河南文物的最后归宿 ………………………………（111）

第七章　郭豫才与黄河水灾 ……………………………（113）
　　一、花园口黄河决堤引起的惨烈水灾 …………………（113）
　　二、成立河南同乡会 ……………………………………（115）
　　三、在重庆为河南灾区呼吁与赈灾 ……………………（119）

第八章　卜居北碚与入职"管理中英庚款董事会" ……（122）
　　一、卜居北碚与河南文物的保管 ………………………（122）
　　二、入职"管理中英庚款董事会" ………………………（124）
　　三、《中国古代民族史》写作之背景 ……………………（126）
　　四、庚款资助与《中国古代民族史》的写作 …………（131）
　　五、《中国古代民族史》主张中华民族为各部族融合而成
　　　　 ………………………………………………………（132）
　　六、《中国古代民族史》坚决反对"中国人种西来说"
　　　　 ………………………………………………………（134）
　　七、胡石青去世后先生对其家属的照顾 ………………（137）

第九章　入职国立礼乐馆 ………………………………（139）
　　一、国立礼乐馆之沿革 …………………………………（139）
　　二、入职国立礼乐馆之缘由 ……………………………（140）
　　三、北碚婚俗的研究 ……………………………………（142）

第十章　受聘国立女子师范学院 ………………………（145）
　　一、国立女子师范学院以教授之职高薪约聘先生
　　　　 ………………………………………………………（145）
　　二、担任国立女子师范学院教授与校务委员兼教务长
　　　　 ………………………………………………………（147）

3

第十一章　对西南师范学院的奠基贡献 ……（149）
　　一、国立女子师范学院与四川省立教育学院合并为西南师范学院
　　　…………………………………………………………（149）
　　二、西南师范学院的奠基者之一 ……………………（152）
　　三、对西南师范学院所做贡献 ………………………（155）
　　四、被划为右倾及改正 ………………………………（160）

第十二章　回到母校河南大学及所做研究 ……（162）
　　一、母校河南大学的召唤 ……………………………（162）
　　二、加入中国共产党 …………………………………（164）
　　三、周代农村公社的研究 ……………………………（165）
　　四、解析春秋时期的社会结构 ………………………（168）
　　五、战国时期封建制生产关系的研究 ………………（171）
　　六、南朝封建土地所有制的研究 ……………………（173）

附录 ……………………………………………………（183）
　　郭豫才年表 ……………………………………………（183）
　　郭豫才著录表 …………………………………………（185）

后记 ……………………………………………………（187）

绪　　论

郭豫才出生于豫北平原的一个耕读家庭,家中比较清贫,先生自幼就刻苦努力。大学期间主攻古文字、音韵、训诂、考据学等比较晦涩难懂的学科,为他后来的研究打下较好的基础。先生于1934年7月大学毕业,入职河南通志馆编写省志"方言"部分;1935年就在《禹贡》上发表文章,3年间连续在《禹贡》和《河南博物馆馆刊》发表20多篇文章,在国内学术界引起关注。1936年8月,即先生大学毕业刚刚2年,他被河南博物馆[①]聘为研究员,被派去主持河南辉县琉璃阁遗址第二次发掘,并写出相当于发掘报告的研究论文,从而成为我国考古学的先驱之一。抗战时期,他护送河南新郑大墓、琉璃阁、殷墟、龙门等遗址重要文物,冒着日寇的飞机炸弹、熊熊战火,南迁重庆。他用生命保护的文物,如今分别存放在河南博物院、故宫博物院、中国国家博物馆、台湾历史博物馆等处,其中莲鹤方壶是河南博物院的镇馆之宝,先生是保护国家文物的功臣。抗战胜利后,先生凭借丰富深厚的学识被国立女子师范学院[②](院址在江津县白沙镇,曾是国统区的最高女子学府,简称女子师院)高薪聘为教授,继而

[①] 本文未按不同时期的名称所述,皆称河南博物馆。
[②] 1940年9月20日,国立女子师范学院创建于四川省江津县(现重庆市江津区)。

成为女子师院的历史系主任、教务长。之后大西南解放，根据西南文教部的指示，女子师院与四川省立教育学院合并为西南师范学院①。先生先后进入西南师范学院筹委会、校委会，并担任秘书长、代校委会主任委员、教务长等职，并且从1956年5月至1979年9月不间断地担任西南师范学院历史系主任23年。先生为西南师范学院的成立和发展做出了重要的贡献，对西南师范学院有奠基之功，也是新中国高等教育的奠基者之一。先生的一生是辉煌的，并具有传奇色彩。

一、中国考古学的先驱之一

1921年4月，瑞典学者安特生根据他的中国助手刘长山的发现和调查，来到河南省渑池县，发现仰韶彩陶文化遗址。从此，中国近代考古学诞生。

1924年安特生在甘肃临洮县发现马家窑文化，在广河县齐家坪发现齐家文化等；1925—1926年李济在山西夏县西阴村发现并主持发掘西阴村遗址，这是中国人第一次独立主持的田野考古工作，具有划时代意义；1928年董作宾主持发掘殷墟遗址；1928年考古学家吴金鼎在今山东省章丘市发现了举世闻名的城子崖遗址；1930年李济主持发掘城子崖龙山文化遗址；1931年秋梁思永主持第二次安阳后冈遗址的发掘；1935年红山文化遗址发掘；1936年良渚文化遗址发掘等。考古事业在中国大地

---

① 1950年，经中央人民政府教育部批准，四川省立教育学院和国立女子师范学院合并组成西南师范学院。1985年，西南师范学院更名为西南师范大学。2005年，西南师范大学、西南农业大学合并组建为西南大学。

轰轰烈烈地进行。

20世纪二三十年代,是我国考古事业发展的黄金时代。1935年12月至1937年春,中央研究院在河南省辉县琉璃阁发现一批战国墓;期间,河南博物馆于1936年9—11月,在琉璃阁开始发掘甲乙两座大墓。第一次是许敬参主持发掘,第二次就是郭豫才主持发掘。先生之所以调到河南博物馆,也是为了充实河南博物馆的学术力量。

郭豫才本科毕业两年后,就主持琉璃阁墓地第二次的发掘,参加发掘者有许敬参、李祥岑、穆培元、曹作等。由此可见,河南博物馆对他能力的认可,当然也是先生在毕业之后的两年中发表的研究成果,以及在河南通志馆的出色表现,赢得河南博物馆老一辈学者的信任。

琉璃阁遗址甲乙二墓出土的器物共有3000多件。先生通过对琉璃阁的发掘,对琉璃阁遗址出土的钱币、兵器、车马器、炊煮器、礼器等进行研究。这些在当时中国考古学研究方面皆具有开创性,也对我国今后考古学的研究辨识有重要的意义。

郭豫才的研究成果发表在1936、1937年《河南博物馆馆刊》上。当时由于考古学刚起步,还没有像现在的考古发掘报告那样全面记录发掘的地址、地理、地貌、底层、器物形状、花纹、出土的件数,以及摆放的位置、层次等。但是,先生对这些器物进行研究、认定,解释其源头具有开拓之功。

当时,琉璃阁墓地出土了一个类似铜勺的器物,有柄,勺底有三角孔,共6列,每列有9个孔。看不出这个器物是什么。这个器物陈列于馆中,数月未能定名。先生说:"余思久之,恍然而言曰:'是古之毕欤'!"①由此可见,我国考古事业发展的初期,在没有任何参照物的情况下,开拓者的不易与艰辛!

郭豫才有些研究和观点确实是独树一帜,属于开创性的。如他认为殷、簋本是一物,两种写法。他最早认定了"毕",并阐明古文献中毕、匕是两种器物,其源流与用法也各不相同。他认为豆有三种作用:盛食器、温蒸器和乐器,并认为铺、簠、簋、笾、登、盘、镫等诸器,皆是豆的衍生器。这些观点皆闪耀着真知灼见的光辉。

郭豫才在手稿中写道:"在博物馆做了两项重要的工作,一项是主持辉县琉璃阁周墓的发掘,和许敬参合作编写发掘报告一册,负责贝、毕、车器、兵器、饮食器等方面的研究;另一项是和关百益先生把伊阙洞窟全部石刻进行拓片、拍摄,是在北方腊月的风雪交加中完成的。热情战胜了严寒。在这段时间,因考古的需要,我熟读了三礼、说文、金文、甲骨文,阅读中央研究院出版的有关著作,对于古代史料接触也比较广泛,用乾嘉学派的方法,走向'新汉学'的途径。"先生在工作中成长,其水平迅速提高,特别是对琉璃阁墓葬出土器物的认定和研究,使先生很快得到学术界的关注和好评,并成为我国考古学研究的先驱之一。

1936年,郭豫才在完成琉璃阁墓葬的发掘与器物研究之后,又与河南博物馆的同事们到豫西渑池仰韶、荥阳广武等遗址进行考察。仰韶与广武遗址是瑞典学者安特生考察过的遗址。安特生较早在中国发掘了仰韶文化、马家窑文化遗址,应该说对

---

① 郭豫才:《说毕》,《河南博物馆馆刊》1937年第9期。

中国考古学的发展是有贡献的。安特生在研究了仰韶、广武、马家窑遗址后，出版了《中华远古之文化》《甘肃考古记》等著作；另外，瑞典还有一位学者阿尔纳根据安特生运回瑞典的广武彩陶写了一本《河南石器时代之着色陶器》。但是这些著作和研究都提出中国没有石器时代，彩陶文化西来说的观点。之后，其他外国人，包括一些中国学者皆有跟风。

1936年，郭豫才通过在仰韶、广武的文物考察，根据二遗址中出土的大量石器和彩陶器物，对安特生和阿尔纳的观点进行反驳。先生说："（二人）皆谓中国无石器时代之文化，纵有石器发见，亦系他族所遗留。是以中国有史以来，即知利用铜器也。……此遗址为汉族文化之仅存，继仰韶而发见者有奉天沙锅屯甘肃等遗址，步达生氏据其遗骸，考定比民族与近时中国北方人民同属一派，是仰韶遗址之发见，于民族及文化上，皆有极重要之贡献。而劳弗尔鸟居龙藏二氏之说，至此亦不得不重为之估定也。"①

郭豫才以确凿的考古学依据坚决批驳了安特生等人的"中国文化西来说"的观点，捍卫了中华民族不可磨灭的辉煌历史。这在他与胡石青合著的《中国古代民族史》中也表现得非常明确。

二、保护国家文物珍宝的功臣

郭豫才一生中所做的另外一件大事，就是抗战时期护送河

---

① 郭豫才：《仰韶器物小记》，《河南博物馆馆刊》1937年第11期。

南文物南迁重庆,先生是保护国家文物,保护国家宝器、重器的功臣。

中国近代考古学就是在河南兴起的。1921年瑞典安特生在河南发现仰韶文化遗址。1923年郑公大墓面世,墓中出土100多件器型雄伟、铜质精纯、精美绝伦、成套成列、完全符合文献所记载之礼制的青铜器。

我国历史上曾不断有文物出土,但多是零星的发现,有的上面还有铭文,故形成了我国历史上的金石学研究。这些发现多是只见到一个鼎,或者簋、爵。但即使如此,每一发现,皆被认为是国之祥瑞,或作诗作词歌咏,或举行宴会庆祝。

郑公大墓出土重大精品器物100多件,其中有一对莲鹤方壶,有一件现藏于河南博物院,是该院镇馆之宝;另一件现藏于故宫博物院。郑公大墓出土簠6、盏2、方壶4、圆壶2、罍2、编钟、编镈、列鼎9、簋8,是天子的规格,也是春秋时期诸侯国君僭越礼制的结果。郑公大墓出土器物之多、规格之高是我国青铜器发现历史上的第一次。

郭宝钧先生曾这样评价郑公大墓的青铜器说:(这些器物)都是气象伟大,铜质精纯,体重胎厚(全部88器,共重2630斤),纹饰精工,钟必成律,鼎必成列,簠簋成偶,以之为比较论证的根据,应无疑问。郑公大墓出土的礼器和乐器基本与我国古代史书上记载一致,符合礼制的要求。

郑公大墓出土的青铜器震惊了国内外学术界,故宫、北大、天津等纷纷发电欲要这批文物,当时坐镇河南的吴佩孚坚决留下这批文物。

河南博物馆还收藏了辉县琉璃阁甲乙二墓3000多件青铜器、玉器、乐器、兵器、车马器等,殷墟的铜器、甲骨,龙门石窟珍贵的石刻资料,仰韶文化遗址、广武遗址等重要文物;还有南阳汉画像石,以及河南所存的金石等。彼时,河南博物馆是全国重要的、馆藏文物较丰富的博物馆。

河南省文物多是国家级文物,是国家的重器、宝器,以及前人还未见过的资料,其价值和意义之重大是不可言喻的。

是时,郭豫才正在回滑县老家的路上,接到电报,也不再回家了,立即返回省城开封,与同事们开始用木板钉成木箱。那木箱是极其大的,在木箱中要铺上稻草、棉被、碎纸等,还要铺油布防潮、防水。先生与同事们认真谨慎地做着这些工作,生怕有一点疏忽,给国宝造成损失,让自己成为不可饶恕的罪人。

1938年1月,河南博物馆已经挑选了重要文物5678件,拓片1162张,图书1472册(套),分别装68箱。郭豫才只带了简单的随身衣物,就与同事们护送这批国宝,冒着日本人的飞机炸弹向南迁徙。

郭豫才等人到了郾城,就无法向前行走了,平汉线(北平—汉口)的火车只能到达许昌,而且一路上炮声隆隆,烟火四起,很多百姓扶老携幼流离迁徙,不知他们要到哪里去?先生等人留在郾城照顾文物和家属。胡石青、王幼侨二位先到汉口开会,并联系河南文物入川之事。1938年6月,徐州已失守,郾城也不安全了,先生等人又迁至叶县。当时的平汉线已经瘫痪,直至10月,平汉铁路才通车。

1938年9月,日军攻陷上海、南京,直逼武汉。是时,全国的

7

机关、学校、文物及有关人员都在大迁徙。河南省这批宝贵的文物还怕在路上遗失，或者到重庆后找不到地方存放。郭豫才与胡石青先行到重庆联系重庆市郊区的中央大学柏溪分校，其同意存放河南省文物。郭豫才与胡石青又回到武汉，先把家属和一部分器物运至汉口，后搭船入川；而另一部分器物和人员则是从蜀道入川的。

郭豫才与同事们冒着战火，时刻都会有日寇敌机投下的炸弹袭击。汽车从武汉，经崎岖难行被称为"难于上青天"的蜀道，到达重庆。河南文物和通志稿暂存放在中央大学柏溪分校，由河南博物馆的同事看管。

到重庆后，郭豫才居住在北碚，而河南文物存放在中央大学柏溪分校。由于文物在路上受到一些损害，先生等人在重庆对河南文物进行了一番保护性的整理措施。直至1940年，河南博物馆文物全部整理完毕，先生才离开，后入职"管理中英庚款董事会"作科研协助，先生对河南文物的护送才真正告一段落。

1949年11月，重庆解放时，国民政府将38箱河南文物运往台湾，今存放于台湾历史博物馆。

剩余的30箱河南文物于1950年运回开封，回到了阔别11年的河南博物馆，有一些文物被现今的故宫博物院、中国国家博物馆所收藏。先生用生命护送的国宝终没落入他人之手，并成为后世子孙的骄傲。

三、对西南师范学院的奠基之功

抗战期间，郭豫才先后在"管理中英庚款董事会"、国立礼乐馆就职。抗战胜利后,这些机构相继迁回南京。先生不愿意跟随去南京,刚好女子师院需要教师。先生凭借着自己丰富的研究成果、深厚的学术积淀,被女子师院高薪聘为教授。

郭先生主要研究的是史前史、先秦史、古代民族史,对五胡十六国、南北朝、五代十国等,有相当多的积累。先生对工作是非常认真的,他在过去的年代虽然有很多的研究成果,但是在高校教书还是第一次。入职女子师院后,他认真地编写教学讲义,做笔记,很快适应了高校的教学。

在女子师院,先生凭借着良好的教学效果,被聘为历史系主任。1949年11月30日,重庆解放,军管会接管女子师院。1950年3月,院长陈东原卸任,段喆人接任临时院务委员会主任。

段喆人在接任临时院务委员会主任时期,先生被聘为女子师院的校务委员会委员,并兼任教务长。

郭先生担任教务长时,认真负责地执行西南文教部的各种方针政策,得到了领导和群众的信任,也得到了女子师院师生的支持,在群众中建立了威信。

1949年底,大西南地区基本解放。西南文教部开始对西南地区的高校以及文化教育进行改革和整顿。根据中共中央西南局和西南军政委员会的精神,将女子师院与四川省立教育学院合并为西南师范学院。合并工作由女子师院和四川省立教育学院各推出3名代表,西南文教部1名代表,共7名代表成员,成立"西南师范学院筹备委员会"。郭豫才以女子师院教务长的身份高票当选为西南师范学院筹备委员会的委员,并兼任秘书长。

是时，新中国刚刚诞生，百废待兴，高等教育面临着一个脱胎换骨的改造过程。郭豫才有幸参与并领导西南师范学院这一伟大的变革。在这样一个变革过程中，西南文教部认为学校设立校长领导的条件还不完全成熟。西南师范学院刚开始是由"西南师范学院筹备委员会"领导工作，之后去掉"筹备"二字，由"西南师范学院校委会"领导。先生就在这时又被选为西南师范学院校委会委员兼秘书长，并曾代理西南师范学院校委会主任委员。

郭豫才担任西南师范学院校委会委员时，也曾担任学校的教务长。先生不仅经历了女子师院与四川省立教育学院的合并，而且也经历了院系调整合并过程。

西南师范学院在院系调整的过程中，增加新的院系，合并系科，安排课程，安排教师等都是非常迫切的专业问题。课程的调整、教师的安排及教材的审定等，都需要教务长亲力亲为。特别是社会科学的课程，必须把新的内容、观点融进教材，让教师们讲解，因此选用教材、编写教材成为教师的重要工作。郭豫才作为教务长在这次合并以及院系调整的过程中，夜以继日地工作，非常辛苦，患上了严重的肠胃病，以致不能吃饭、睡觉，必须住院治疗。先生为了西南师范学院的工作呕心沥血，耗费了大量的精力，使中国的高等教育在交替变更过程中平稳过渡，走向了正规化。

1956年5月，西南师范学院历史系原系主任孙培良辞职，学校任命郭豫才为系主任。先生担任系主任之后更忙了，他是中国古代史的主讲教授，不仅要给学生上课，还要忙系里繁重的工作。

虽然被划为右倾,郭豫才也写了申请,请求辞去系主任的工作,但是学校一直未批准先生的辞职,只是在先生有病期间,让邓子琴暂时代理系主任工作。先生自1956年5月出任历史系主任至1979年9月调往河南大学之前,不间断地担任西南师范学院的历史系主任整整23年。

1979年9月,郭豫才以70岁高龄调往河南大学[①],又在河南大学指导三届共12名硕士研究生,同时也指导了河南大学历史系的青年教师。

郭豫才先生

---

① 本文未按不同时期的名称所述,皆称河南大学。

第一章　强烈的求知欲是成功的动力

郭豫才虽家境清贫,但自幼就有强烈的求知欲和对学习的渴望,他读小学的费用是自己家供给的,后在岳父的支持下读完初中。先生之所以能够读大学,是母亲四处张罗,为他凑够了学费,正因为家庭的困难,才激发先生无论是在中学、大学时期都具有刻苦用功、奋发向上的精神。先生在大学时期就迸发出耀眼的才华,他所写的《字源》虽然没有出版,但是获得了河南省教育厅的奖项,这对于一个正在读书的大学生,是很不容易的。这些为其一生的研究打下良好的基础。

一、豫北平原上的耕读之家

1909年10月,郭豫才出生于河南省北部滑县上官镇关帝庙村,一条柳青河从村子东头流过,这是一个文化底蕴厚重的地区。

滑县之"滑",根据《重修滑县志》记载:"周公次八子伯爵封于滑,为滑伯。"滑伯本为姬姓,因封于滑,故为滑氏。《通志·氏族略·以国为氏》云:"滑氏,周同姓国……为晋所灭,子孙以国为氏。左传,郑大夫滑罗。汉有詹事滑兴。望出京兆,安陆。宋朝登科,滑君俞,济州人,滑延年,邢州人。"《水经注》卷五《河水》曰:"河水又东,右迳滑台城北,城有三重,中小城谓之滑台城。旧传滑台人自修筑此城,因以名焉。"唐代李吉甫《元和郡县图志》卷九亦云:"古滑台城,城有三重,又有都城,周二十里。相传云卫灵公所筑小城,昔滑氏为垒,后人增以为城,甚高峻坚险,临河亦有台。"据《水经注》等文献记载可知,滑县有黄河故道,黄河从滑县流过。宋朝宋神宗时黄河改道,从郑州、开封向东入海,不再从滑县经过。滑县是一个文化底蕴深厚、历史悠久的古城。秦汉之时,滑境称白马县,隶属东郡。隋至明初,滑县称滑州。明洪武三年(1370年),废白马县入滑洲。七年,降滑洲为滑县。清雍正三年(1725年),滑县改属卫辉府。1986年,滑县属安阳市。

上官镇,战国时期这里曾被楚国占据。楚怀王封他的次子子阑为上官邑大夫,子阑的后代子孙就居住在上官邑这个地方,后来就以地名为姓,形成了上官姓。上官镇就是上官姓氏的起源地。后代子孙遂以邑名为姓,称上官氏。先生出生的关帝庙村,顾名思义村中有关帝庙而称。

上官镇是河南省粮食生产百强乡镇之一,优质小麦种植面积达9.6万亩。据说,清朝朝廷只要安阳地区所上贡的麦子。滑县属于安阳地区,上官镇又在滑县之南,离安阳更近,因此上官镇是当时向清朝朝廷上贡小麦的主要地区,说明这里是一个土地肥沃、水源充沛、环境优美、人杰地灵之地。

郭豫才,原名郭筱竹,出生在1909年,是时还在清朝末年。先生的父亲名曰郭百海,母亲王氏,妻子阎氏。先生家中兄妹4人,先生排行老大,二弟郭筱西,三弟郭筱雅,还有一个妹妹刘郭氏,妹夫刘振峰。

郭豫才的家中大约有百十亩地,是一个典型的耕读之家。但用先生的话说,他家是耕多于读,也算不上是大户,小时候上学主要是外祖父供给的。外祖父家中比较殷实,但是外祖父自己却没有怎么读书,于是希望寄托在先生及其舅舅们身上,一心供先生及其舅舅们读书。

郭豫才自幼就有强烈的求知欲和对学习的热爱。他知道自己的家庭并不富裕,只是还能过得去而已。先生的二弟大约只念了小学,还有一个弟弟好像也没有上学。而先生一直是在外祖父的供给下才有学习的条件,念中学之后,他已经订婚,又在岳父的资助下读书。正是先生有这样强烈的求知欲望,才使他的人生获得了成功。

二、民国初年在省立中学读书的郭豫才

虽然郭豫才出生在清末,但读书上学是在民国初年。是时,我国刚刚从清朝封建体制中走出来,在清朝的科举制度下,许多知识分子皓首穷经,而大多数国民得不到受教育的机会。辛亥革命的胜利给中国社会带来了前所未有的变化和革新,当时的有识之士认识到教育的重要性,如梁启超说:"少年强,则国强。"蔡元培出任中华民国的第一任教育总长,把教育视为立国之本。

当时,国民政府宣布废除旧有教育的"忠君""尊孔"的宗旨,取消清朝专为满族贵族子弟设立的贵胄学堂。1913年民国教育部出台《强迫教育办法》第4条规定:儿童"八岁一律入学,违者重罚其父兄,并处罚学董"。1916年10月,教育部公布《国

民学校令》规定:"学龄儿童之父母或其监护人,自儿童就学之始期至于终期,有使之就学之义务。"①这个时期的小学,虽然是要求皆要入学的,但是学费没能全免,学费也不是太高,学生念初小每人每年要交学费 2.2 银元,念高小者每年要交学费 4.4 银元,如果住校,每年还得加收 1.5 银元的住宿费。

郭豫才出生之际,正赶上一个天翻地覆的年代。到学龄时期,现代学堂已经兴起,就进入了小学念书。是时,先生住在母亲的娘家南寺。1919 年,10 岁时与只比他大几岁的小舅舅一起在郭固寺小学读书。郭固寺,俗称南寺,就是先生的外祖父家。然而有些家中有钱的人,如先生所说大概是他有一个毛姓同学,因为政府要求每个孩子必须入学,而且把这个作为官员的政绩,因此这个同学就在学校挂个名字,仍然在家请私人教授学习。先生因为家里不是太富裕,则必须在校读书。在学校,先生是一个非常用功,而且学习成绩很优良的学生,他的考试成绩总是班上的前几名。

小学毕业后,郭豫才考上了府城的初中。1924 年 9 月至 1927 年 7 月,在河南省第十二中学念初中。由于这是一所省立中学,故当时能够考上是很难的。从小学考初中,特别是考好一点的初中,大概只有 10%的升学率。由于升学率低,所以初中收费很高。先生家中人口较多,当年的经济条件只能够维持温饱,还有弟弟们也要读书,因此供养郭豫才上初中有点力不从心了。那个时代还盛行"娃娃亲",先生虽然还没有到结婚的年龄,但

---

① 见陈鹏、林玲:《中国义务教育法制百年历程之反思》,《陕西师范大学学报(哲学社会科学版)》2007 年第 2 期。

是早已经订婚。岳父家中条件较好,看到未来女婿学习如此优秀,又肯努力求上进,于是在岳父家的支持下,先生终于读完了初中。先生上小学与初中时,特别是初中时,是很勉强的,他说如果不是自己的坚持、毅力与苦读的决心,是很难读到头的。

三、在河南留学欧美预备学校

初中毕业后的郭豫才,还想继续读书。1927年9月他又考上了省城开封的中州大学附中(高中),在这个学校只读了一年,这个学校就与其他学校合并为河南留学欧美预备学校,即今河南大学的前身。从1928年9月至1930年7月,先生在河南留学欧美预备学校读书,直至高中毕业。

先生在河南留学欧美预备学校读书是有很多困难的。是时,他已经结婚,而且家里弟兄们已经分家。先生也已经是成年人了,指望弟兄们供养他上学,恐怕是不可能了。母亲想让他停学,到学校教书,找个活干就行了。但是先生不肯,他给母亲说,他想把他那一份地卖了,拿来读书。在中国这样一个农业社会,特别是先生的家又在农村,土地可是立家之本。几千年来"以末致富,以本守之"的观念在中国农民的心里牢牢地扎下了根。母亲说什么也不舍得让儿子把地卖了,如果卖了地,将来拿什么糊口。于是,心疼儿子的母亲四处张罗,终于给儿子凑够了学费。这样,先生才来到开封的河南留学欧美预备学校读书。

河南留学欧美预备学校是河南大学的前身,坐落在开封市的东北隅。这里在北宋时期原是宋王朝的国子监,元明清三代是河南贡院。1901年,满清王朝在这里举行了最后一次科举考试,从此中国的科举考试终结,也就是说中国的科举制度在这里结束的。

清朝后期,中国遭到帝国主义列强的进攻。特别是20世纪初的中国经过了甲午海战、马关条约、辛丑条约之后,割地赔款,中国处在了被西方列强和亚洲暴发户瓜分的危亡之中。在国家危亡的时刻,我国大批知识分子负笈远渡重洋,出国留学,寻求救国救民的理论,学习富国强兵的思想和技术。是时,出国留学,在语言上必须与外国人能沟通,于是新学教育迫在眉睫。1902年河南大学堂成立,1903年改为河南高等学堂,1907年河南法政学堂成立,1912年河南留学欧美预备学校成立,1913年河南农业专门学校成立……河南省的新式学堂相继成立。之后,这几个学校联合成立了河南中山大学。后改为河南大学。

1912年4月27日,开封《大中民报》刊登了《欧美留学预备科将办》的消息:"河南向少留学西洋学生,民国成立,培植人材最为要图,现在省城学界诸人拟发起一欧美留学预备科,专为留学欧美之预备,不久即可组织就绪矣。"[1]

四、大学时代的郭豫才

郭豫才在风华正茂的青年时期考入河南中山大学预科,1930年,河南中山大学改名省立河南大学,先生升入河南大学国文系本科读书,1934年7月毕业。

在河南大学,郭豫才读的是国文系,由于自己家庭不太富

---

[1] 河南大学校史修订组:《河南大学校史》,河南大学出版社,2012,第5-6页。

裕,知道上学的难处,因此他从小就很用功。在大学里先生的学习也一直很好,在班上出类拔萃。当时,许心武任河南大学校长,许校长推行国学,推行乾嘉学派的治学方法,把原来很多教授解聘,如郭绍虞、杜横等。新聘的教师有邵次公,其研究的是天文、训诂、词汇,朱师辙(《说文通训定声》作者朱骏声之孙)的研究方向是经学等。他们二人的治学方法完全是乾嘉学派的方法,自认为是继承了乾嘉余风;以及专门教授元曲的万有盛教授,还有教授词的秦嵩云教授。郭豫才受到很大影响。他的同学刘德岑说:他和郭豫才从在河南中山大学预科就是同学,后来都考入河南大学,住在一起就比较熟悉了。郭豫才读的是国文系,功课相当好。他读的历史,同在一起的都是比较用功的学生。学的是训诂、音韵、考据学之类,深得当时国文系的系主任邵阳彭的赏识。

郭豫才在大学里主攻的是训诂、音韵、古文字、考据学等,而且学习很好,在同学中成绩总是第一,深得师长的欣赏,这对他之后的学术研究和工作都奠定了很好的基础。

训诂学是汉文古籍释读学问,从词句入手解读汉文古籍的旨意,主要根据文字的形体与声音,解释古代文字的意义,其特别重视汉魏以前古书中的词义、语法、修辞等。

音韵学研究古汉语在各个历史时期声、韵的学问,使用系联法、类推法、统计法和比较法去研究古代史、古典文学、文献学、古籍整理等。

古文字学是以古汉字和各种古汉字资料为研究对象的学科。

考据学产生于明清之际,兴盛于清代,代表人物有戴震、惠栋、段玉裁、王引之、王念孙、章学诚等。考据学者对儒家经典、诸子百家、史部、集部等典籍进行全面的整理和研究,通过校勘、辨伪、辑佚、注疏、考订史实等多种手段,对古代典籍去伪存真、正本清源,使许多晦涩深奥的典籍,大体能够阅读研究。

训诂、音韵、古文字、考据学等在古史研究中,是较难的学问。从最难处着手,可见郭豫才的志向之远大,其所认真钻研的学问都是学习研究古史、古文化的基础学问和知识。

在大学四年级上学期,郭豫才根据自己掌握的训诂、音韵、古文字、考据学的知识,曾写《字源》一稿。1934年春送河南省教育厅审查,获奖,但未出版。这件事可以说明他在大学时代的努力勤奋和对学问的追求,这些学问也为他之后的学术研究打下极为坚实的基础。

当然,从选修、钻研的课程可以看出郭豫才的用功与眼界,说明他对于功课是有很深刻认识的。另外,郭豫才各门功课的优异引起了领导和师长们的关注。大学生时期的他视野更加广阔,人际关系的圈子大大扩展。

郭豫才说,大学四年很快就过去了,在第八个学期,即大学的最后一个学期,每个同学都在为自己的职业问题着急,他自己的心情更为焦躁。

虽然自己在大学时代读书时,努力刻苦用功,对学术研究有了一些兴趣,不愿意回到家乡县城中学教书,很想搞些研究的工作。但是,当时的工作本来就非常难找,河南大学是一个新兴年轻的学校,文化、学术机关、中学,好一点的职位都是北大、清华的"地盘",河南大学的学生很不容易挤进去。而他自己出生在农村,社会关系简单,读书时就很困难,如果毕业就失业,连自身生活都无着落,那么怎么对得起家庭?

从河南大学国文系毕业后,本来学校根据成绩将他分到绥靖公署办公厅见习。绥靖公署主任是河南省主席刘峙兼任。刘峙想拉一批大学生到他的机关里去服务,就创立了一套见习的办法,选择一些成绩较好的学生毕业之后到指定的机关去见习。见习成绩好,就可以直接任命为正式职员。

但是,郭豫才不喜欢到政界工作,认为官场腐败;更不喜欢武衙门,认为不适于生存。他几次和学校商量,学校表示如不去,学校不再负责。也有同学说,现在工作难找,先去看看,不行再回来。于是,他去了一个星期,最终忍受不了官场的气氛,而离开了。

第二章 才华初现

1934年7月,郭豫才大学毕业,其实当时有很多政府部门希望他能就职,然而他却不希望与政治有关联。当时,河南通志馆正在修《河南通志》,"方言"部分缺人,郭豫才于是就到河南通志馆作协修,负责"方言"部分的编撰。为了写好"方言"部分,他考察了河南省的很多县,由于有良好的基础,"方言"部分的编撰对他并不困难。

一、入职河南通志馆

在大学读书期间,郭豫才就认识了胡石青。胡石青当时在河南大学开设了讲座,不定期地为学生讲课。这是当时社会名流为学生讲课,让学生扩大知识面的一种方式。胡石青也是郭豫才的老师,成绩优异的郭豫才也引起了胡石青的注意。可以说,胡石青对郭豫才一直是欣赏有加的。

河南大学校长刘季洪兼任河南通志馆馆长,胡石青任总纂,是编纂《河南通志》的学术总负责人。河南通志馆就设在当时的河南大学大礼堂二楼。

河南通志局(河南通志馆前身)成立于1921年,但是国民政府自成立,就处在军阀混战之中,根本没有时间去搞文化事业。

1930年之后,国民政府才逐步进入正轨,南京政府开始修通志。河南通志馆是由政府主持创办,学者参与纂修,社会多方互动的修志格局,要求编纂一批高水平的通志。

1934年,胡石青调任河南通志馆任总纂,负责撰写大事记。在胡石青之前,《河南通志》曾两次进行纂修,但皆没有完成。胡石青接手之后,对旧文稿进行整理,增设方言门,重修文物志,充实饮食业。同时,对犹太人在开封的情况进行调查,搜集到许多宝贵的资料和照片。

胡石青任通志馆总纂,继续聘用原有编修王幼侨、周云、蒋恢吾、张中孚、井伟生、许子猷等,约请专家到北京图书馆,将其所藏较好的省、府、州、县志的序、跋、体例部分,誊抄约五六百篇,让编修人员做参考;然后对修志原则和体例重新进行讨论修订,重新编写了文物志,有颇多创新。

《河南通志》当时增加了许多内容,如豫菜,编修者搜集了很多豫菜食谱的资料,补充在原稿中。在宗教门一栏目,对犹太人在开封的生活、发展、现况做了调查,搜集到许多"挑筋教"的实物、碑刻、照片等。又增设了方言门,这个栏目由郭豫才负责编写。为了写"方言",当时河南通志馆拟定表格,寄发给各县进行调查,郭豫才又到许多方言很有特色的县走访调查,收集到很多材料。除此之外,还增设了"大事记",由两位年轻的协修李鉴昭、刘德岑负责编写。

民国时期编的《河南通志》全书为十六编:舆地、职官、民政、财政、实业、教育、河务、交通、军制、交涉、艺文、文言、金石、人物、灾异、大事记,共九十九目,七百余万字。卷首有刘峙、商震、刘季洪(曾兼任河南通志馆馆长)序言。

据郭豫才说,河南方言一目,与他大学所学的完全结合,所以工作情绪比较高。他曾经调查了三十几个县的方音和词汇,虽然他对古音有些基础,但对国际音符的运用不够熟练,所以写作的质量不算高,好在两年内就把初稿完成了。他所说当然是谦虚,他对《河南通志》中的"方言"部分的撰写是非常成功的。

郭豫才是河南通志馆的中坚骨干,他写的东西凝练为学术论文,在《禹贡》杂志上发表。

《河南通志》自民国十年(1921年)至民国二十七年(1938年)历经河南通志局、河南通志处、河南通志馆等纂修,形成手稿本。1938年日本侵略军入侵开封,河南通志馆馆长运稿入四川,河南通志馆西撤入鲁山县,后手稿丢失大半,现存凡例和序言、舆地、大事记、财政、矿产、动物、博物、农产、林业、工业、商业、仓储、交通、外事、司法、军事、文化、卫生、民族、礼俗、艺文、金石、人物、杂记等手稿和资料约三百万字,存于河南省档案馆。

二、胡石青先生

河南通志馆的总纂胡石青与郭豫才一生的学术生涯都有非常密切的联系。

胡石青(1880—1941),名汝麟,字石青,河南通许县后城耳岗村人。胡石青10岁丧父,母亲罗氏将其教养成人。光绪二十二年(1896年),胡石青15岁已经中了秀才。1906年胡石青毕业于京师大学堂。1906年清政府下诏所有乡会试一律停止。其实,胡石青在这之前已经不去参加科举,而是进入了新学堂。

胡石青怀着救国救民的愿望,投身教育与事业。1907年他就任河南高等学堂教务长，1909年任省教务公所专门科副长兼教育官、练习所教员，办选拔及考职事。

郭豫才在谈到胡石青时这样说："先生在担任河南省通志馆总纂的同时，又兼任河南大学讲座，为该校社会系开设社会学课程。先生曾著有《三十八国游记》（所游之国实不止此数），又从事政治、教育多年，知识丰富，加以讲课时谈笑风生，引人入胜，因此除社会系同学听讲外，其他系同学也争往旁听，座无虚席。现在河大教职员中曾听过先生讲课的人，犹津津乐道。"[①]

胡石青知识渊博，学贯中外，长于讲演，授课内容充实，深受学生欢迎，在教育界颇孚声望。

1909年，胡石青被推为焦作矿案交涉代表入京。1913年胡石青、王抟沙为矿案代表与英国人办的福公司谈判。通过他们的努力，联合扩组为中原公司。1914年胡石青任该公司总经理，王抟沙为协理。为维护国家和民族尊严，胡石青在公司为民建煤矿窑争取权益，签订了具有积极意义的合作合同。1915年6月，中原煤矿公司与福公司合组为福中总公司，为河南最大的一家实业。1915年胡石青和王抟沙在开封创办福中矿业学校（后迁焦作）。1915年胡石青参加讨袁护国运动。1916年梁启超任北洋政府财政总长时，胡石青为全国烟酒专卖局总办。1917年元月，胡石青创办《新中州报》。1919年元月，河南督军兼省长赵倜，将胡石青逮捕囚禁16个月，经省垣知名人士具保而获释。在狱中，他撰写《汴中日记》17册，后草稿不幸散失。

[①] 郭豫才：《回忆胡石青先生》，《河南文史资料》1986年第19辑。

1926年，胡石青任教育次长；1928年，任华北大学校长及东北大学教授；1929年，在北平与房达三、王幼侨等人创办平民大学；1933年，任天津商学校教授，撰写有《产业论》《欧战后各国新宪法之特质》，并在北平《民言日报》主办社会周刊；1933年，任河南大学讲座；1937年，先后担任河南公费留学生考试委员、河南高等普通考试委员；1939年，任教育部边疆教育委员。

七七事变后，中原煤矿公司被迫迁往四川，与天府煤矿合并，发展为四川最大的煤矿，为支援抗日战争，发展敌后工业做出了重大贡献。

胡石青主张普产主义，主张产业有公有私，政府和个人都应该有产，即表现人类之生命作用。1929年，他出资组织"普产协会"，起草了《普产主义协会宣言》《普产主义大纲初草》印行。胡石青是改良主义者，和梁启超交往甚密。1931年3月，梁启超组织的民主党在开封建立了河南支部，胡石青任常务干事。

胡石青自青少年起，即有反封建思想，曾带领同辈捣毁神像；主张妇女解放，男女平等，婚姻自由；倡导举办女校，曾为开封北仓女中筹助资金等。

1924年6月22日回国后，他与好友赵质宸将日记体笔录整理，撰写《三十八国游记》33册，近百万字。1933年在开封出版。

1931年九一八事变之后，他深感外患日剧，便投身于抗战救国的斗争。1937年七七事变之后，蒋介石在庐山召开抗日动员大会，胡石青曾先后以河南无党派人士代表身份参会。1938年，国民政府设立国民参政会，胡石青与王幼侨作为河南代表参加。

1938年6月9日,蒋介石命令炸开黄河花园口,以水代兵,阻止日本人的进攻。花园口正逢暴雨,黄河水面猛涨,滚滚黄河水奔腾而出,一泻千里,豫东数县,如中牟、尉氏、开封、扶沟、西华、淮阳、周口等,尽成泽国。

当时胡石青任华北水灾急赈委员会副委员长,河南遭受特大水灾。胡石青心急如焚,多次向国民政府及蒋介石个人致电,呼吁请求赈济河南灾民。电稿多系胡石青手拟。1939年2月,胡石青与张伯英、孟剑涛等组织河南旅渝同乡会,郭豫才任常务理事。特电军事委员会蒋介石、行政院孔祥熙、经济部翁文灏等,号召社会各界为灾民募捐。或行文,或讲演,慷慨陈词,痛彻心扉,催人泪下,为河南灾民争得救灾巨款和捐助物资。

抗战期间,胡石青任河南抗敌后援会常务委员,为各党派的抗战奔走呼号,拟订抗战计划。他还书国民政府,借面见蒋介石和外出讲演之机,对国家的政治结构、经济制度、外交政策、抗战形势及民族统一战线诸问题进行分析论述,阐明利害,并提出积极建议。

可以说,胡石青是当时国内有名的政治家、教育家和思想家。

三、《禹贡》的创刊

郭豫才1934年7月毕业,1935年就在顾颉刚、谭其骧等人创办的《禹贡》半月刊一连发表三篇文章,即《明代河南诸王府之建置及其袭封统系表》《"覃怀"考》《洪洞移民传说之考实》,并参加了禹贡学会。一个大学生,刚毕业就接连发表文章,于是很快就引起学术界的关注。

在河南通志馆,郭豫才把他搜集的方言与西汉扬雄《轺轩使者绝代语释别国方言》记录的方言,以及许慎的《说文解字》进行对比;对河南方言,考证其源流,研究其演变,写出了《说文方言移录后记》,发表在《河南博物馆馆刊》,在学术界引起了关注。

20世纪是中国史学与国家社会的命运息息相关的时代,学术与社会的关系愈来愈紧密。清代考据学到了清末民初已经衰微,但是到了二三十年代又出现复苏的迹象,这与当时国家面临的内忧外患有直接的关系。当时的西方列强,以及东方的日本不仅希望用实力压倒中国,强迫中国割地赔款,而且编造一些理论希望从舆论上占上风。在这种情况下,《禹贡》半月刊出现在世界面前,由顾颉刚、谭其骧等人联合辅仁大学、北京大学、燕京大学的学生组织发起禹贡学会,希望走出一条学术救国的道路。《禹贡》半月刊仅办三年多时间,1937年因为日本侵华而被迫停刊,却取得了非常丰硕的成果。《禹贡》半月刊致力于边疆史地、民族史的研究,是最早研究历史地理的学术性刊物,也是民国时期开拓性的新史学刊物,对于中国的知识分子、学术研究皆有重大影响。

"禹贡"二字来自《尚书》的《禹贡》篇,全篇是讲"禹贡"的疆域、山脉、河流、土壤、物产情况,是我国最早的地理历史方面的文献。顾颉刚、谭其骧成立禹贡学会,并创办《禹贡》半月刊,在中国学术史上具有重大影响力。

《禹贡》的发刊词云:"这数十年中,我们受帝国主义者的压迫真够受了,因此,民族意识激发得非常高。在这种意识之下,大家希望有一部《中国通史》出来,好看看我们民族的成分究竟怎样,到底有哪些地方是应当归我们的。但件工作的困难实在远出于一般人的想像。民族与地理是不可分割的两件事,我们的地理学既不发达,民族史的研究又怎样可以取得根据呢?不必说别的,试看我们的东邻蓄意侵略我们,造了'本部'一名来称呼我们的十八省,暗示我们边陲之地不是原有的;我们这群傻子居然承受了他们的麻醉,任何地理教科书上都这样地叫起来了。这不是我们的耻辱?……我们要使一般学历史的人,转换一部分注意力到地理沿革这方面去,使我们的史学逐渐建筑在稳固的基础之上。……利用今日更进步的方法,——科学方法,以求博得更广大的效果。"

毕业后的郭豫才充满了爱国的热情,对事业怀着美好的愿望和理想。虽然他所读是国文系,但是他所主攻的音韵、训诂皆与历史有很大的关系,而且文史原来就不分家。因此之后一直在历史系工作。刚好赶上《禹贡》创刊,《禹贡》研究的大方向是以"民族和地理"为主旨,与先生主攻研究方向是一致的。先生被《禹贡》发刊词所说的"使我们的史学逐渐建筑在稳固的基础之上"所感动。

禹贡学会是民国时期中国学者研究历史地理的群众性学术团体,理事长为顾颉刚,会员大多数是北京各大学的师生,先生是禹贡学会的会员,说明他已经迈进学术研究的殿堂。

四、"覃怀"的考证

《"覃怀"考》,是郭豫才发表在《禹贡》1935年第3卷第6期的文章,他在这篇文章中利用自己的文献知识、音韵学知识对"覃怀"地名进行研究。

《尚书·禹贡》云:"覃怀底绩。"这句话的意思是"覃怀"之地非常平坦。底,同砥。

郭豫才说:历史上对"覃怀"的解释有三说。

第一说认为覃怀就是一地之名,如唐孔颖达《疏》引《正义》曰:"《地理志》河内郡有怀县,在河之北。盖'覃怀'二字共为一地,故云'近河地名'。"

第二说认为覃乃状况之词,沃壤平衍之意。

第三说主要是近代儒人认为,"从'覃'之'襌'读'导','襌服'为'导服',则'覃怀'为'导怀'。古本《尚书》凡'导'皆用'覃',梅氏改篆,凡'覃'字皆为'导'字。今'覃怀底绩'仍用'覃怀'者,是其遗阙耳"①。

郭豫才认为,汉时"覃怀"连用,汉唐以来"怀"名单行,而"覃"读渐失。今豫人皆"沁怀"连称。"沁",沁水也;"怀"古地名也。开封犹有"覃怀会馆",世人习而不察,以称"覃怀"者,意取古义而已。

之后,他又提出自己的观点:"考怀城在今武陟县西,上文已言之。旧时沁水由此东南屈折行,至阳武境入河。审声脉水,意

---

① 郭豫才:《"覃怀"考》,《禹贡》1935年第6期。

'覃'即沁也。《说文》从覃声之字:'覃'叶'寝'音,见《诗斯干》;'潭'叶'心'音,见《楚辞抽思》;《淮南》注'抒'读'覃';《汉书》注'鐔'音'淫':是古音从覃从寻从心从𡈼之字皆可通假。今北人呼覃姓犹作'沁'音,是乃古之遗音。沁覃均在侵部,古无齿头音,沁覃皆端透纽,二字音同,实古今字耳。《禹贡》导川,于冀境入河之川特详,不应举漳而遗沁。漳沁均挟泥沙难治。'覃怀厎绩'殆为治沁言也。今人不知覃即沁字,多谓河水平地难以致功,甚不义也。"①

在这里,郭豫才认为《尚书·禹贡》所云的"覃怀厎绩"之"覃",不是地名,并用很翔实的材料纠正了古人和时人的一些误解,提出覃就是沁水。

这是郭豫才在大学毕业两年多之后发表的文章,足能表现出郭豫才学术功底的深厚,以及他对祖国历史的强烈热爱与责任感。

五、明代河南诸王府之建置及其袭封的考证

《明代河南诸王府之建置及其袭封统系表》是郭豫才在《禹贡》1935年第3卷第9期发表的文章,其对明朝初分封在河南地区的诸王及其分支世系进行了认真的研究和追源。

明朝开国皇帝朱元璋在打下江山之后,视国家为私有,实行分封制度。

我国的分封制度始于西周王朝。西周王朝以小邦周打败了

---

① 郭豫才:《"覃怀"考》,《禹贡》1935年第6期。

大国殷,又经过周公东征,得到了东方的广大辖地。当时,生产力还十分低下,为了巩固统治,西周王室进行分封,即"封邦建国,以藩屏周",这是符合当时形势的。

但是,后代子孙与周王室的血缘渐远,关系渐疏;周平王东迁后只剩下200里左右的辖地,出现衰微局面。而分封的诸侯国逐渐强大,战国时期,发展成为齐、楚、燕、赵、韩、魏、秦战国七雄,秦国统一六国,建立了秦王朝。

秦王朝建立之后,接受周王朝的教训,不再实行分封,而实行郡县制。秦灭亡的主要原因是因为其苛政与残暴,但西汉高祖刘邦却认为秦的灭亡是没有分封皇室子弟造成的,刘邦对其子弟进行分封。后代子孙与西汉王朝皇帝的血缘关系渐疏,出现"吴楚七国之乱"。

由于封建皇帝视国家为私有,我国一直是分封制与郡县制并存的国家。历史总是在走曲线,反复地有规律地前进。

明朝朱元璋即位之后,认为这是家族的私产,把他所有的儿子皆封王,觉得后世哪怕有人篡位,篡位者也是自己的后代子孙,江山不会改姓。

朱元璋在全国分封了很多的王,但是在河南封王最多,且都很重要。他将自己的第五嫡子封在河南开封为周王,之后燕王朱棣抢夺了侄子朱允炆的江山,又分封儿子为王,仅在河南就分封了很多的王,如唐王、伊王、赵王、徽王、崇王、汝王、郑王、潞王等。

郭豫才梳理明朝在河南的封王,以及诸王世系,对明朝分封在河南的每一个诸侯王、王府建置及其袭封统系,都进行了一一查阅统计,并制成表格,使人更明确。这确实是一个不小的工程。

(一)《诸王府建置表》

朱元璋有26个儿子,得封者23个,还分封了他的侄子,以及朱允炆的儿子,共分封了25个藩王。其中,朱元璋有3个儿子封在河南。明成祖朱棣之后,又不断地分封,在河南共分封7个藩王。朱家王朝在河南分封的藩王,相对全国来说,当是最多的。这些始封的藩王为亲王,其后世不断繁衍,后代续封为郡王。除一些因罪贬为庶人者,或者无后嗣者,基本上皆与明王朝的兴亡相始终。郭豫才认真地梳理了明王朝分封在河南的诸王,以及诸王的世袭。目前,河南还有很多明王朝的藩王府、藩王陵,它对于我们今日研究明王朝分封在河南藩王的情况仍有很大的意义和价值。

周

明太祖第五子朱橚封在河南省会开封,为周定王,王府设在北宋故宫旧址,明代称为周王府。河南省基本上就是周定王之后裔封地。其后,周定王的子孙封在河南省各地,不断繁衍。

朱橚无心政治,无心管理封地,却对中医药情有独钟。他终生钻研医学,著有《救荒本草》《普济方》《袖珍方》《保生余录》等,皆成为传世的医书。这些著作有的是整理了前人的药方,有的是对田野中有医药价值之草本植物的调查和研究,共记载414种植物,三分之二是新发现的,图文并茂;还记载了解毒、去毒的方法,在当时属于有创新价值的医书。《救荒本草》已经被翻译成日文、英文,传到很多国家。

周定王朱橚的儿子有7子封在河南:

永乐六年(1408年),周定王第六子在本城新昌坊灵应街西,建永宁王府。

永乐八年(1410年),周定王第七子在本城广福坊安远门街东,建汝阳王府。

正统七年(1442年),周定王第八子在本城新昌坊端礼街西,建镇平王府(仪封郡主府改建)。

永乐六年(1408年),周定王第十子在本城惠和坊安远门街东,建遂平王府。

永乐二年(1404年),周定王第十一子在本城大宁坊南薰门街西,建封丘王府。

宣德二年(1427年),周定王第十三子在本城新昌坊大梁街北,建内乡王府。

宣德二年(1427年),周定王第十四子在本城惠和坊土布街东,建胙城王府。

宣德五年(1430年),简王第三子在本城大宁坊南薰门街东,建原武王府(祥符王府改建)。

正统二年(1437年),简王第四子在本城大宁坊丽景门街北,建鄢陵王府(信阳郡主府改建)。

成化十二年(1476年),简王第五子在本城大宁坊木场街北,建河阴王府。

成化十四年(1478年),简王第九子在本城崇仁坊福善街西,建颍川王府。

成化五年(1469年),简王第十子在本城安业坊茶杨巷,建义阳王府。

成化十二年(1476年),简王第十三子在本城大宁坊第五巷,建临汝王府。

成化十二年(1476年),在本城崇仁坊土布街西,建沈丘王府(宜阳王府改建)。

成化十九年(1483年),懿王第四子在本城广福坊福善街西,建鲁阳王府。

成化十九年(1483年),懿王第五子在本城宣平坊,建临湍王府。

懿王第六子堵阳王府未建(附周府宫门左)。

懿王第三子上洛王府未建(附周府宫门左)。

河清王府未建(附周府遵义门里)。

唐

永乐二年(1404年),明太祖第二十三子朱桱封在河南省南阳,为唐定王,王府设在南阳府城内通清街,南阳卫治改建。明太祖在世时,朱桱年龄尚小,没有分封。唐定王是朱棣对幼弟的分封。明朝末期,曾有两任唐王被立为南明皇帝。原唐王朱聿键被立为明绍宗,年号隆武,1645—1646年,建都福建福州。隆武二年(1646年)八月被清军俘获。又立原唐王朱聿鐭为明文宗,年号绍武,1646—1647年,建都广东广州。绍武元年(1647年)十二月,广州被清军陷落。

宣德四年(1429年),定王长子在本城东门里直西,建新野王府。

成化十二年(1476年),宪王第三子在本城东门里东北,建三城王府。

成化十二年(1476年),宪王第四子在本城内东北,建新城王府。

成化十二年(1476年),宪王第五子在本城东南隅,建承休王府。

成化十八年(1482年),宪王第六子在本城长史司东,建汤阴王府。

成化二十年(1484年),庄王第二子在本城东门内街南,建淅阳王府。

成化十二年(1476年),庄王第三子在本城东门内街北,建文城王府。

庄王第四子郾城王府未建(附唐府内)。

庄王第四子(?)卫辉王府未建(附唐府内)。

伊

永乐六年(1408年),明太祖第二十五子朱橚封在河南府城内,为伊王。王府设在府城内,旧王馆改建。明太祖在世时,朱橚年龄尚小,没有分封。伊王亦是朱棣对幼弟的分封。

光阳王府,本城布政分司东,未建。

成化十四年(1478年),安王第二子在本城东南隅儒林坊,建方城王府。

成化十五年(1479年),安王第三子在本城西南隅,建西鄂王府。

1564年,明世宗削去伊王爵位,废为庶人,终身囚禁在河南开封。伊王就此终结。

同时,万历皇帝幼子朱常洵封在洛阳为福王,享受到了最好的藩王待遇。崇祯十四年(1641年)正月,李自成攻克洛阳,福王朱常洵被杀害。

赵

永乐三年(1405年),明成祖朱棣第三子朱高燧,受封为赵简王,洪熙元年(1425年)之藩彰德府(今河南安阳)。赵府王爵传十一世,共八王。

正统九年(1444年),惠王第二子在本城东南隅,建临漳王府。

正统九年(1444年),惠王第三子在本城东南隅,建汤阴王府。

正统九年(1444年),惠王第四子在本城东南隅,建襄邑王府。

正统九年(1444年),惠王第五子在本城内,建洛川王府。

天顺二年(1458年),惠王第七子在本城内西南,建南乐王府。

天顺二年(1458年),惠王第八子在本城内东北,建平乡王府。

汝源王府未建(附赵府内)。

昆阳王府未建(附赵府内)。

郑

永乐二十二年(1424年)十月十一,明仁宗朱高炽的庶第二子朱瞻埈,被封为明朝第一代郑靖王。宣德四年(1429年)朱瞻埈就藩陕西凤翔。正统八年(1443年),明英宗下诏迁至怀庆府,朱瞻埈先留在北京,次年(1444年)就藩。王府建在怀庆府城东南隅,建怀庆王府。

正统十年(1445年),靖王第三子在本城郑王府东,建泾阳王府。

正统十年(1445年),靖王第四子在本城郑王府东,建朝邑王府。

成化十年(1474年),简王第四子在本城东西大街北,建盟津王府。

成化十年(1474年),简王第□子在本城西南隅,建东洹王府。

崇

成化四年(1468年),英宗第四子朱见泽(1457—1505),封崇简王,王府建在本城东西大街北,建汝宁王府。成化十年就藩汝宁府。

徽

成化十五年(1479年),英宗第五子朱见沛(1466—1506),封徽庄王,王府在钧州城内,以按察分司本州治前门改建。成化十七年(1481年)就藩钧州。

潞

隆庆四年(1570年),明穆宗第四子朱翊镠(1568—1614),二岁时受封第一代潞王。万历十七年(1589年)二十二岁时就藩卫辉府,谥号简王,葬于新乡市境内。

(二)《诸王府袭封统系表》的价值

明代河南封王世系表:周定王封在河南省开封市,王府设在北宋故宫。周王是封在河南,甚至全国最大、繁衍最多的藩王。

郭豫才说,始封诸侯王为亲王,嫡长子袭封亦为亲王,其余各子为郡王。

郭豫才为明朝分封在河南的诸侯王所作统系表,对地方史的研究是非常有价值的。在当时的情况下,书籍,特别是有价值的史书尚不多见。明朝封在河南的诸侯王,贯穿整个明朝,支系繁多,而且有的由于各种原因,再封或续封的亦不在少数。

而且,在对这个问题进行研究的时候,他还是一个刚刚毕业不到一年的大学生。他所接触的,据他自己说就是据河南成化、嘉靖、顺治、康熙、雍正……诸志,参consult明史而成。① 也就是说,先生是以成化、嘉靖、顺治、康熙、雍正年间所编写的《河南通志》为基础,参以《明史》而完成的《诸侯王府建置表》《诸侯王府袭封统系表》,也为研究明代地方史提供了非常丰富而明确的史料。

六、"洪洞移民传说"的考实

洪洞移民是明末以来在我国流传最广的传说。相传河南、河北、安徽、山东等20多个省都有洪洞移民。我国民间还有"问我家乡来何处,山西洪洞大槐树"的说法。洪洞移民也引起很多

---

① 郭豫才:《明代河南诸王府之建置及其袭封统系表》,《禹贡》1935年第9期。

学者的关注,1937年郭豫才就开始对这个问题进行了研究。

郭豫才在1937年第7卷第10期的《禹贡》上发表了《洪洞移民传说之考实》。他首先提出,我国自古以来就有移民,即窄乡之民向宽乡迁移,从而使地无遗利,人无失业。我国历史上的移民有两种方式:一种官府移民,如我国固有的屯田之制,有军屯、民屯、商屯等。特别是军屯,寓兵于农,亦为善政。屯田之外,则是流徙。兵燹灾浸之后,人们为求生计,逃亡他乡,虽不是官府移民,而是自移,但也是移民的一种方式。

如北宋灭亡,宋室南迁,中原人士,仓皇南渡。两淮良田,皆为旷土。金人也开始南迁。但是,金人是少数民族,事游牧征伐,当金人衰微之后,同化于内地者少,归于故土者多。

有元一代,兵凶践踏,人民死亡相继,故有明初大规模的移民之传说。洪洞移民之传说最著。

郭豫才举出,移民并不是自明代始,而是从金朝就已经开始了。金朝中期以后,国土日蹙,苛政暴敛,加赋数倍,预借数年。《金史》云:"其弊在于急一时之利,踵久坏之法。及其中叶,鄙辽俭朴,袭宋繁缛之文。惩宋宽柔,加辽操切之政,是弃二国之所长,而并用其所短也。繁缛胜必至于伤财,操切胜必至于害民。"金人的残暴,猛安谋克的骄纵,使人民颠沛流离,逃亡他乡。这是造成内地人民成为流民的一个重要原因。

《金史》云:定六年二月上谓宰臣曰:"宣宗立而南迁,死徙之余,所在为虚庋。户口日耗,军费日急,赋敛繁重,皆仰给于河南,民不堪命,率弃庐田,相继亡去。乃屡降诏招复业者,免其岁之租,然以国用乏竭,逃者之租皆令居者代出,以故多不敢还。"

又"亳州户旧六万,自南迁以来,不胜调发,相继逃去,所存者曾无十一。砀山下邑,野无居民矣"。连年饥馑,人民苦于征战。膏腴之地,皆被豪民霸占;良民流移他乡,即使慕民耕种,亦乏其人。

金朝建立之后,大批金人内迁,特别是猛安谋克部落内迁。金人亦有屯田,金人视内地百姓如同草芥,则霸占民田为官田。猛安谋克是金人豪贵,骄纵异常,酒食游宴,耗费日多;而趋炎附势者,则助纣为虐,以勒索民财、霸占民田为事。《金史》云:"豪强之家多占夺田者。上曰:前参政纳合椿年占地八百顷,又闻山西田亦多为权要所占。有一家一口至三十顷者。以致小民无田可耕,徙居阴山之恶地,何以自存。"又:"闻猛安谋克人惟酒是务,往往以田租人,而预借三二年租课者。或种而不耘,听其荒芜者。"金人进入内地,圈占土地,也是致百姓流移的重要原因。另外,还有因水灾流移者。

郭豫才指出,元朝也是少数民族建立的王朝。是时,胡马南下,横扫中原;仅以扩疆启土为念,全然不以民生为意。又由于水旱频仍,饥馑连年。

元世祖时期,赵天麟上疏:"今王公大人之家,或占民田近于千顷,不耕不稼,谓之草场,专放孳畜。又江南豪民广占农地,驱役佃户,无爵邑而有封君之贵,无印节而有官府之权,恣纵妄为,靡所不至。"

另外,水灾也非常严重。如至元二十七年(1290年)六月,怀孟路武陟县、汴梁路祥符县皆大水。十月,江阴路、宁国路皆大水。民流移者,458478户。至大元年(1308年),疠疫大作,死者相枕藉,卖儿、卖女、卖妻,哭声震野,惨不忍睹。有元一代,水旱之灾,不可胜数。中原大地,城郭为墟。这种情况造成了大量的流民,人们由于饥寒冻饿而流移者多,而由官府集体迁徙者少。

明朝,黄河决堤相对历代来说尤甚。如洪武七年(1374年)五月,河决开封堤;洪武八年(1375年)正月,河决开封大黄寺堤;十一年十月,开封府兰阳县河决;十一月,开封府封丘县河溢;十四年八月,河决原武、祥符、中牟;十五年二月,河决河南。十七年八月丙寅,河决开封。壬申,河决杞县……大明一代,黄河几乎年年,或隔年,或几年就会在中原地区决口,沿河各地几无不受河水决口之害者,人们颠沛流离之苦,自不堪言;当然也造成人为大规模的流移。

另外,还有蝗虫之灾。洪武七年(1374年)六月,山西、山东、北平、河南蝗灾。九年十二月丁巳,浙江、湖广、河南、顺天、扬州水灾;河南、陕西疫。十三年六月,北京、河南、山东水灾;八月庚辰,山东、河南、北京、顺天饥……四方多水旱疾病疫情;给人们带来极大的痛苦,哀鸿遍地,民不聊生,迫使明朝人向四方迁徙流移。

明朝的权贵夺民田而为官田,特别是皇庄尤甚。明初朱元璋视天下为私产,赐功臣武将百官大量的公田;又把自己的28个儿子,包括出生几个月的婴儿,皆封王。诸王在地方上圈占大量土地,作为自己的庄田。这些其实都是老百姓的私田。

《明史》中《太祖本纪》与《成祖本纪》记载:明太祖朱元璋洪武四年(1371年)三月,徙山后民万七千户屯北平。六月,徙山后民三万五千户于内地,又徙沙漠遗民三万二千户屯田北平。洪武九年(1376年)十一月戊子,徙山西及真定民无产者田凤阳。洪武二十一年(1388年)八月癸丑,徙泽潞民无业者,垦河南北田,赐钞,备农具,复三年。洪武二十二年(1389年)夏四月己亥,徙江南民田淮南,赐钞,备农具,复三年。

明成祖朱棣永乐元年乙未,徙山西民无田者实北平,赐之钞,复五年。永乐二年(1404年)丁卯,徙山西民万户实北京;九月丁巳,徙山西民万户实北京。永乐十四年(1416年)十一月,徙山东山西湖广流民于保安州,赐复三年……

《日知录》卷十《开垦荒地》云:"明初承元末大乱之后,山东、河南,多是无人之地。洪武中诏有能开垦者,即为己业,永不起科。"

郭豫才认为:"移民之制,金朝已盛,元朝继之,明朝始有大规模之迁移。三代相承,非偶然也。迁移区域甚广,北至沙漠,南至嘉杭,东至青莱,西至平阳。方域数万里,事业之大,亘古无与其比。苏杭嘉松之民,多移至安徽滁和凤阳一带,亦有移至京师者。徐达北征,移沙漠之民屯田北平;山东登州莱州青州诸地,地狭人稠,悉移至兖州东昌,其中移民最多者,当推山西,晋南平阳辽沁汾泽潞诸州之民,皆移往他所,其迁移之途径:一向北,实北平。二向南,即移至凤阳一带,稍近而民移徙最多者,即河南。今河南山东安徽诸地所流行之洪洞移民传说,即指此也。就今日考核所得,洪洞移民之时间,不自明始,而始于金;地域不限于洪洞而指晋南诸郡,移民亦不仅至于河南,移至安徽或北平者亦甚多。"①

---

① 郭豫才:《洪洞移民传说之考实》,《禹贡》1937年第10期。

郭豫才用充分的史学论据考证了民间流传的"洪洞移民传说"不是始自明代,而是由金朝就开始了;而且移民的范围也很广,几乎内地各省、市皆有移民。

七、《说文方言移录后记》

郭豫才在河南通志馆,负责方言门类的编写。他首先着手调查搜集河南各地的方言。作为一个河南人,他自然对河南的方言有深刻的了解,但是系统地研究河南方言的源流及演变,还需要相当的学术功力。

方言其实也与地理学有密切的关系。我国最早进行方言研究的是西汉扬雄,他的《輶轩使者绝代语释别国方言》,是中国第一部记录方言的著作,也是中国语言学史上一部里程碑式的著作,不仅成为世界上第一部方言比较词汇集,而且开启了方言地理学之先河。

郭豫才所用的"移录",就是指《说文》中某些字或这个字在方言中读音的变化。

郭豫才不辞劳苦,搜集各地方言,进行整理,共搜集132条方言,潜心进行研究。他把搜集的方言与扬雄的《輶轩使者绝代语释别国方言》、许慎的《说文解字》进行对比;对河南方言,考证其源流,研究其演变;指出哪些是古音之遗留,哪些音已经发生变化。他言之凿凿,论证有力,写出了《说文方言移录后记》,在学术界引起了关注。

第三章　转职河南博物馆主持发掘琉璃阁

郭豫才在河南通志馆所表现出的才华,不仅得到国内学术界关注,而且也得到他的领导及身边同事的认可和信任。1936年,由于河南通志馆的工作基本接近尾声,而河南博物馆正需要人才,馆长王幼侨聘请郭豫才到河南博物馆为研究员。河南博物馆藏品丰富,特别是1923年郑公大墓出土的100多件纹饰精美、铜质精纯、器型雄伟、成列成套的青铜器,促成河南博物馆的创建,使之成为全国一流的博物馆之一。

故宫博物院,1925年10月10日正式成立开幕;中国国家博物馆的前身可追溯至民国元年(1912年)成立的国立历史博物馆筹备处,2003年在中国历史博物馆和中国革命博物馆基础上正式组建。

河南博物馆成立于1927年,对比故宫博物院、中国国家博物馆,河南博物馆应该是全国第三家、省级第一家博物馆,其地位还是非常重要、显赫的。

一、受聘河南博物馆

当时,河南博物馆正在挖掘琉璃阁甲乙二墓,急需主持发掘的专业人才。

郭豫才说,因为河南博物馆需要人,馆长王幼侨就约他到博物馆担任研究员,从事考古工作。他在该馆做了两项主要工作:

第三章 转职河南博物馆主持发掘琉璃阁

一是主持辉县琉璃阁乙墓的发掘,出土器物三千余件。他和另一位研究员许敬参合作,编写辉县发掘报告一册。他担任贝、毕、车器、兵器、甗等各方面的研究。稿子发表在《河南博物馆馆刊》上。另一项工作就是和关百益合作,拓、摄了伊阙全部石刻,是在北方腊月的风雪交加中完成的。热情战胜了严寒。在这个时期,他因考古需要,开始熟读三礼、《说文》和金文,对古代史料接触也比较广泛。在思想方法上也开始用中央研究院出版的著作、西洋关于考古的一些知识,还有乾嘉学派的方法,走向"新汉学"的途径。

在河南博物馆工作期间,郭豫才在学术上又前进一大步。1936年10月,郭豫才以馆务员的身份参加第十一、第十二次以馆长王幼侨为主席的馆务会议(图3-1)。

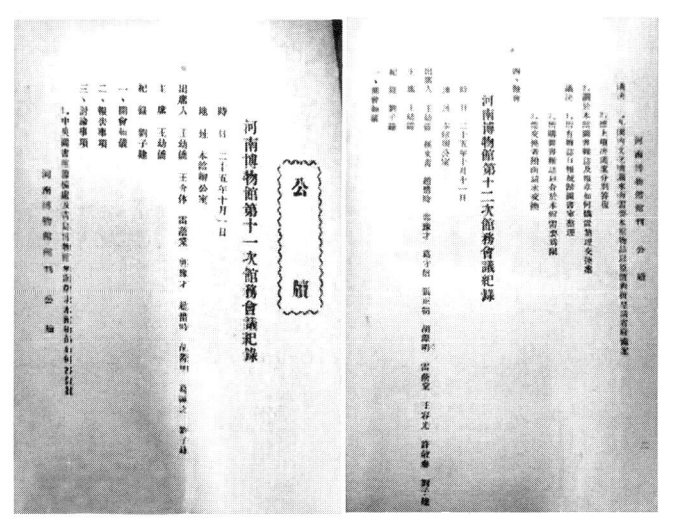

图3-1 河南博物馆第十一、十二次馆务会议记录

45

1936年10月,郭豫才就被派遣主持辉县琉璃阁甲乙二墓的第二次发掘。这是他大学毕业后的第二年,不仅说明工作能力强,也说明河南博物馆对他的重视。郭豫才也不负重托,非常圆满出色地完成了发掘任务。20世纪二三十年代,我国的考古事业刚刚起步,很多出土器物没有可参考的断代标准和器物认定的特征。郭豫才写出学术论文,对琉璃阁甲乙二墓出土器物进行研究和认定,为我国今后对考古发掘器物的认定断代都有借鉴和标杆的意义,也成为今天研究琉璃阁甲乙二墓的第一手材料。

二、郑公大墓的大批文物促成河南博物馆创建

(一) 郑公大墓的面世

河南博物馆是以新郑郑公大墓发掘的文物为基础建立的。1923年8月15日,新郑县南门外李家楼村的乡绅李锐在自家的菜园中打井,准备浇灌菜园。当挖到地下3米多时,发现4件古铜器,及一些铜器的碎片;次日又得数十件。李锐把其中的一件大鼎及两件中型鼎卖给许昌的张庆麟,得800余金;相继又挖出许多大、小铜鼎,铜簋,铜鬲等。

这件事惊动了新郑县知事姚延锦。姚氏劝其停止挖掘,李锐不听。后又被当时驻防在郑州的北洋陆军十四师师长靳云鹗所闻知,他认为这是钟鼎彝器、国之宝物,乃先代所寄,理应归于国家。于是派人去告诉李锐,李锐不敢不从命。在当地知府的主持下,划定范围,幅员十余丈,挖三丈许,四周试探,已无遗留。从该大墓中共发掘出土100多件青铜器,计有:铜鼎、铜簋、铜

壶、铜甗、铜簠、铜甬钟、镈钟、铜盘、铜匜、铜舟、铜敦、铜车、铜铃、双耳铜舟、铜戈、曲刃铜矛、铜豆、铜环,另外还有玉玦、玉爵、陶壶、陶豆、贝片、蚌锯、兽牙以及碎铜片等。

新郑出土的这些文物,后运到河南省城开封古物保存所保存。靳云鹗为了纪念此事,在出土地点立碑一通,以此纪念,现藏于新郑博物馆,即《河南新郑古器出土纪念之碑》:"华夏为文物古邦,开化最早,凡夫礼器之制作,在秦汉以前已灿然其美备。而乃宗社丘墟,故宫禾黍,运会递嬗,时世变迁,致三代法物,不免有铜驼卧棘、铁戟沉沙之叹!征诸典册,虽历朝以来时有出土,然一鼎一爵,视为祯祥,赞颂咏歌,每极一时之盛。"

碑文又云:"河南新郑古器出土之多乃至百数十事,蔚为空前绝后之大观,诚国家之休瑞有足纪者……以监护周至,片铜寸瓦,幸未散佚。当运至汴垣。时仕女来观者,空巷塞途。国徽灿烂与古器斑斓相辉映,识者咸啧啧称羡,谓为郑国宴享祭祀之器。"①

新郑文物的出土,确实为一时之盛,在全国范围,甚至世界上引起了轰动。

(二)新郑文物震动国内外学术界

新郑青铜器的出土,在当时确实是一件大事,震动了中华大地,引起全国,乃至世界文化部门的特别关注。

---

① 见河南博物院、台北国立历史博物馆编《新郑郑公大墓青铜器》,大象出版社,2001,第24-25页。

1923年9月20日北洋政府国务院致函靳云鹗曰:近闻豫省发现古物甚多,具有历史上之价值。兹由教育部部员高丕基、历史博物院裘善元前往调查采集,先此电闻。

自袁世凯任民国大总统开始直至1923年,北洋政府建都在北平(即今北京)。作为在都城中的文化单位当然有其优势。这些文化、教育部门欲将这批文物收进囊中。北京大学一个月之内向河南省及有关人士致电3次讨要这批文物。

1923年9月20日北京大学致函靳云鹗,曰:新郑发现之文物,与我国文化史上极有关系,敝校研究所特派马衡教授前来研究并筹保存。

1923年9月21日北京大学致函靳云鹗,曰:盖此等历史上稀有之国宝(指郑公大墓出土之文物),必须置诸全国观瞻所系之首都之学术机构,整理之、陈列之、考证之、著录之,以贡献于世界。然后其物之真价值得以表暴,而我国之国华亦得借以显扬。

1923年10月19日北京大学又致函靳云鹗,曰:敝校忝为全国文化中心之所寄,于此不敢漠然置之,特于研究所国学门设立考古研究室及古迹古物调查会延聘专家收集材料,用科学之方法,作公开之研究以期发扬国光,有所贡献于世界。窃以为与其供之于一省,何若供之于全国?与其陈列之于仅供玩赏之机关,何若陈列之于万国学者得共研究之学府?本校为世界及全国学界之所视,有专门之组织与专门之人才,窃愿步趋先进国家之后尘,尽国立大学之责任。为此请求贵师长将新郑、孟津两处所发现之古物,全数运交中央,由本校负保管、研究之责。如蒙允许,其效岂能徒使我国学术地位可以增高？文化之流风可以远被？本校之博物馆得此亦可以定其基础,而贵师长之令闻亦将远博长流,与此国宝共垂不朽矣！除函陈国务院并函曹巡阅及吴巡阅使外,用特函请贵师长核查施行。

1923年9月30日天津博物院致函靳云鹗,曰:新郑发现古器,借公维护,得不散失。复拟制图立说,腾诸社会,表彰国华,功垂不朽矣！敝院望风扑拜,感钦莫名。深愿一识国宝,先睹为快。并愿乞灵毡墨,俾广传观,想必为将军所许可者。兹派敝院编辑主任李详耆趋扣虎帐,敬乞派员导观,指示一切,并求俯允凡有文字之器,准由该员各拓数纸,是所切祷。

1923年10月15日中国古物研究社致函曰:敝社社员罗君美诸君前至新郑,多承指导……敝社研究文物,早有计划,入手方法,拟先择地深掘,所得文物,除敦请专家详加研究,刊印报告外,各项器物或送呈中央,或分赠地方陈列保管……兹请地质调查所谭寿同先生及南开大学教授李济先生,同至郑州,择地采集,敢请我公就地保护,不吝指示,敝社幸甚。

1923年9月13日美国史密森博物院毕士博致函吴佩孚说:自己对于掘采之事,有经验,甚愿尽其绵薄。拟于日内再赴郑州,与靳师长接洽……甘效驰驱,纯系公家任务和私人爱好,决无盗取之用心,亦不受薪金报酬。钟鼎尊彝诸物出土后,如能拓片数纸,寄回美国展览。区区之愿已足。

1923年至1924年,直系军阀吴佩孚坐镇洛阳,当时拥有直隶、山东、河南、江苏、陕西、湖南、湖北的地盘,占有了中国的半壁河山。河南在他的势力范围之内。为了新郑县的这批文物,从1923年9月5日至9月20日,半个月之内,吴佩孚先后5次电令靳云鹗,让把新郑文物运交河南省会开封保存。

1923年9月5日吴佩孚电令靳云鹗,曰:古代遗物,文化攸关,应宜妥善保存,以彰国粹,而供观览。查教育部于保存古物订有专章,此次发现各古物,俟挖掘净尽后,请即派妥员并责成县知事,尽数运交督、省两长、教育厅,转付古物保存处世袭珍藏,永垂纪念。除切电督、省两长暨教育厅查照外,特电奉复,即希亮察。

1923年9月7日吴佩孚复电令靳云鹗,曰:古物搜挖完竣示知后,当派员赴郑,会同运汴保存,以昭郑重。

1923年9月8日吴佩孚复电令靳云鹗,曰:李锐处如尚匿有玉爵,自应全数追缴,酌量酬资。本署现派穆佐庭顾问于明日赴郑,会同贵师委员将古物押赴汴垣,向各界宣布妥为保存,以垂永远。

1923年9月11日吴佩孚又电令靳云鹗,曰:古物琳琅,诚堪宝贵,昨派穆佐庭顾问会同送省,兹促前往,至时希赐接洽。

1923年9月20日吴佩孚又电令靳云鹗,曰:所有新郑县先后掘出之古物,应悉数运送汴垣。妥为保存。

在吴佩孚给靳云鹗发的电令中,也可以看出,河南人士为保护新郑文物留在家乡所做的努力。

开封士人蔡和林、豫省旅京魏连奎等6人,河南省督理张福来,省长张凤台,河南省议会,河南省教育厅厅长王幼侨等皆致电靳云鹗,要求将新郑文物立在省垣开封。

1923年9月21日河南省议会人士致电靳云鹗云:敬启者,

日前新郑以民间掘井,发现周时鼎70余件,洵属至宝。闻台座以出地所在,应归河南保存,公道主张,至深钦感,肃此鸣谢!

河南省督理张福来、省长张凤台联名致电靳云鹗,曰:天庸文明,地开宝藏。仰承台端,尊崇国粹,嘉惠中州。派员将新郑所现古物监运省垣,阖城悬旗结彩,表示欢迎,男女塞途,颂扬盛德。窃想溱水隆山,原属成周旧壤,吉金乐石,允推稀世珍奇,当即令王教育厅长会同各员按照原册,逐次点收,暂行存储省城文庙内学生图书馆,地点极度严肃,保护派有专员;一面延聘金石专家精心研核讨论,不厌其详;一面筹款另建博物馆世袭珍藏,局势必须宏敞。弟等对此项古物异常宝贵,总要扇巍显翼,以副我公声明文物佑启中州之盛意。

经过河南省各界人士的努力,新郑出土文物总算留在家乡河南省。靳云鹗派兵押送直至省城开封,先存放在开封文庙图书馆内,并派专人保护,称为河南文物保护所。河南省政府又抓紧时间在开封文庙之西不远处的三圣庙街(今开封三胜街)河南法政学堂和河道总督衙门旧址上建立河南博物馆。是时,河南省辛亥女革命家刘青霞曾拿出巨款,为修建河南博物馆做出贡献。

民国十六年(1927年)6月,河南博物馆竣工。新郑文物有了一个家。

(三)新郑文物群面世的价值和意义

1923年新郑出土的100多件文物,可以说是一个规模巨大的文物群,对我国学界无疑有极其重大的影响和意义。

如前所述，我国历史上曾不断有文物出土，但多是零星的发现；有的上面还有铭文，故形成了我国历史上的金石研究。如宋代赵明诚的《金石录》三十卷、明代陈玮《吴中金石新编》八卷、赵均《金石林时地考》二卷、郭宗昌《金石史》二卷……这些皆是古代有关研究整理金石的书籍。

而新郑此次发现的100多件被认为是国之宝器、重器的彝器，古人云："国之大事，在祀与戎。"新郑祭祀宝器的发现，确实是一件震动"国之大事"，是我国自古以来所发现的最早、最多、最重要的宝器。

根据所发现的器物及其规格，学界普遍认为这是郑国国君的墓葬，称为郑公大墓。墓葬中发现一个有铭文的铜器——"王子婴次炉"。王国维认为："婴次，即婴齐，乃楚国令尹子重之器也。"他的说法基本得到学界的认可。那么，这个墓当是春秋中期郑国国君的墓葬。

郑公大墓出土的器物器型雄伟精美、制作精细，是我国青铜器中的精品。墓中出土莲鹤方壶两件，一件通高117公分，口长30.5公分，口宽24.9公分，现藏于河南博物院，也是河南博物院的镇馆之宝。另一件现藏于故宫博物院，通高122公分，口长31.6公分，口宽26公分，盖高46.6公分。龙耳虎足方壶，通高93.3公分，口长26.6公分，口宽21公分，盖高24.3公分，现藏于故宫博物院。蟠龙方壶，通高90.3公分，耳宽14公分，最大腹26.5公分×39公分，底径30公分×24公分，现藏于台湾历史博物馆。

另外一套编钟的器型也非常雄伟，如故宫博物院的铜镈钟，高 112.6 公分,铣间 93.3 公分,鼓间 57.3 公分,舞修 55.3 公分,舞广 44 公分,钮高 30.6 公分。藏于台湾历史博物馆的螭钮特钟,高 95 公分,口径 52 公分,底径 158.5 公分。这些器物都表现出新郑郑公大墓出土器物的器型精美、器体雄伟、铜质纯良,是难得一见的精品。

新郑文物的重要价值还在于,这是我国第一次发现与古文献记载的礼制基本上一致的古代礼器。

《公羊传·桓公二年》何休注:"礼祭,天子九鼎,诸侯七,卿大夫五,元士三也。"

《周礼·秋官·掌客》记载:天子接待上公之礼:"鼎、簋十二。"郑玄注:"鼎十二者,饪一牢,正鼎九,与陪鼎三,皆设于西阶。簋十二者,堂上八,西夹东夹各二。"也就是说,天子在堂上所用的鼎九个、簋八个。九鼎八簋是天子所用礼器的规格。鼎、簋,是国君宴享天子所用的主要礼器。

郑公大墓出土的有列鼎九、簋八,这是天子的规格。但是,时间已经是春秋时期,诸侯国君纷纷僭越礼制,诸侯国君用天子规格的礼器并不新鲜。从郑公大墓发现的鼎簋相配的礼器组合规格,可看出古籍上记载的礼器规格和组合都是存在的。这是我国最早发现的符合礼制组合形式的古代礼器。之后,20 世纪 50—80 年代,也有此类发掘,如河南三门峡市虢国太子墓 M_{1052},河南辉县琉璃阁甲乙二墓 M_{80}、M_{55}、M_{60},陕西宝鸡市茹家庄西周墓 M1 乙室等。

郑公大墓出土簋 6、盏 2、方壶 4、圆壶 2、罍 2,也是符合古代礼器组合的。

《礼记·郊特牲》云:"鼎俎奇而笾豆偶,阴阳之义也。"孔颖达疏曰:"鼎俎奇者,以其盛牲体;牲体动物。动物属阳,故其数奇。笾豆偶者,其实兼有植物,植物为阴,故其数偶。故云阴阳之义。"周人及其所臣属的诸侯国在宴享、祭祀及各种社交礼仪上,对礼器的使用与组合形式皆附以阴阳之义,盛放天之所生的动物食品的鼎,用奇数组合形式,象征阳;盛放地之所产的植物食品,或者酒水之物的豆、笾、簋、敦、簠、壶,皆用偶数组合形式,象征阴。《郊特牲》云:"阴阳和而万物得。"只有阴阳相和谐,万物才能滋生繁荣。

新郑出土乐器,符合古代编钟规格:镈钟4枚,甲乙两组各有编钟10枚。

1996年至1998年,郑韩故城东城的西南部发掘出一处属于春秋中期的郑国祭祀遗址,出土青铜乐器坑11座。其中8个青铜乐器坑各出土一架编钟,每架都是由镈钟一套4枚、纽钟2套20枚(每套10枚)组成。如K1乐器坑为长方形竖穴土坑。坑内放置编钟一组24枚,其中镈钟一套4枚,纽钟20枚,分为A、B两组,每组10枚。两组纽钟,皆大小递减,形制、纹饰近同。K16乐器坑也与K1乐器坑出土编钟的编列相同。[①] 郑韩故城青铜乐器坑出土的编钟当是两编列编钟,属于"判县"组合形式的编钟。

郭宝钧曾这样评价郑公大墓的青铜器说:"(这些器物)都是气象伟大,铜质精纯,体重胎厚(全部88器,共重2630斤),纹

---

① 蔡全法、马俊才:《河南新郑郑韩故城东周祭祀遗址》,《文物》2005年第10期。

饰精工,钟必成律,鼎必成列,簠簋成偶,以之为比较论证的根据,应无疑问。"

由于收藏了这批有如此重要价值的文物,1927年河南博物馆成立。1936年,郭豫才入职河南博物馆,是在河南博物馆刚刚进入起步与发展,迫切需要人才的时期。这个时期也是我国考古事业发展的黄金时期,为他的事业发展和成功创造了良好的条件。

三、河南博物馆收藏的藏品

当时的河南博物馆,收藏了郑公大墓100多件档次非常高的青铜器,琉璃阁甲乙二墓3000多件青铜器、玉器、乐器、兵器、车马器等,龙门石窟的珍贵资料,仰韶文化遗址、广武遗址等重要文物。可以说,河南博物馆也是全国重要的、馆藏文物丰富的博物馆。

琉璃阁甲乙二墓发掘所出土的器物有乐器、礼器、兵器、车马器、椁板等。

礼器:甲墓出土簋14、铺1、簠4、方盘1,乙墓出土列鼎2套、簋4、鬲4、簠4、匏形尊1、方壶1、铜毕1、甗2、鎣1、豆8、盘1、匜1、洗2、舟2。

乐器:镈钟4件、编钟26。

兵器:戈八、剑二、斧四、矛九、镞共四百一十七件,质皆青铜。

贝:骨贝二百余枚、铜贝一千余枚、编磬10。

玉器:甲墓出土佩玉2件,觿觽、环玦、佩饰,乙墓出土圭、璋、大瑗、环1、环形玦2、方形饰1等。

车马器：车器83件，其中有辖28件，釭軎共30件，马衔105件，环15件，銮5件等；另有100多块椁板等。

郭豫才等人在龙门石窟考察一个多月，发现有很多从未被人们发现过的洞窟、佛像、碑刻，在东山发现没有记载的洞窟、佛像、碑刻数百处，摄影300多张，记载下丰富的资料，整理成《伊阙古迹图》一书出版。

郭豫才与河南博物馆的同事们曾到仰韶文化遗址考察，又发现有石凿10件，石锥、石镞、石环等；骨器有骨刀；陶器有陶环8枚，陶片数十片，有彩陶、灰陶等；牙饰2件。

郭豫才等人在广武考察，又得到陶器800多件。

河南省的文物多是国家的重器、宝器，也是国宝，以及前人还未见过的史料，其价值和意义之重大是不可言喻的。

四、河南琉璃阁遗址的发现与发掘

1936年下半年，郭豫才来到河南博物馆后，就接替许敬参主持河南辉县琉璃阁遗址的第二次发掘。琉璃阁遗址的甲乙二墓，是大夫级别的一对夫妇的合葬墓，出土3000多件青铜器、玉器、陶器、骨器等。20世纪30年代，中国处于早期考古的黄金时期。郭豫才是幸运的，他主持辉县琉璃阁墓地的发掘，这是他学术研究事业的又一个高峰。

辉县琉璃阁遗址地处古冀州，是属于古河东地区，也是夏商周三代时期的"天下之中"。这里有丰富的古代文化遗址，如琉璃阁、固围村，后来又有孟庄等遗址。

第三章 转职河南博物馆主持发掘琉璃阁

1935年,中央研究院首先在辉县相邻的汲县山彪镇挖掘,出土的有鼎、簋等,听旁观的辉县百姓说,在辉县也经常见到这些东西。于是,发掘者趁冬季有闲空来到辉县考察,并把发掘的重心转移到辉县。

1935年冬季,中央研究院开始在河南省辉县琉璃阁考古。琉璃阁的本名是文昌阁,因为庙顶用绿色琉璃瓦覆盖建成,故当地群众又称为琉璃阁。中央研究院在琉璃阁遗址发掘了一座积石积炭的战国墓,以及8座汉墓,后由于冬季野外寒冷,停止了工作。

1936年,河南博物馆在辉县琉璃阁发掘了甲乙两个战国墓,此次发掘分为两次:第一次是许敬参主持发掘,第二次是郭豫才主持发掘。

辉县琉璃阁遗址面积约12万平方米,共发掘战国墓葬80座,车马坑5座,殷商墓葬45座,汉墓35座。其中,河南博物馆发掘的是琉璃阁甲乙二墓。

辉县琉璃阁遗址出土的是战国墓葬。战国时期,这里是三家分晋之后的魏国和韩国交错的地带,但是大部分是属于魏国的地盘。

西周、春秋和战国时期,夫妇合葬墓并不多见。也有个别的夫妇合葬墓,是同椁不同棺的葬制,如河南东南部的光山县宝相寺发现的黄君孟夫妇墓、信阳发现的樊君夫妇墓等。还有以男子为主墓,其妻妾墓葬在主墓的周围,称为陪葬墓,这大概是周代夫妇墓葬的主要形式。

但是,在考古发掘中晋国地区发现的春秋墓葬中所反映的夫妻墓葬的形式,即附葬墓,夫妇并穴而葬,或称夫妇异穴附葬墓,如山西侯马于村共发现七十余座墓葬。这类墓葬是夫妇二人分两个墓穴,并排而葬。在两个墓穴的四周有一圈狭窄而较浅的围墓沟,沟里埋有殉葬者。山西发现的夫妇并穴墓葬,墓穴之外有围墓沟的形式,当是晋国夫妇异穴附葬墓的墓葬风俗。

辉县琉璃阁遗址是战国时期魏国的辖地,也表现出晋国的墓葬风俗,如遗址中的 M55 与 M80,浚县辛村的 M17 与 M5、M1 与 M6 等。另外,河南博物馆所发掘的琉璃阁甲乙二墓相距 3—4 米,甲乙二墓形式的墓葬表现出晋国夫妇异穴附葬墓的风俗。

郭宝钧在《山彪镇与琉璃阁》一书的前言中认为,琉璃阁遗址战国墓葬的发掘,使国人在研究战国时期的墓葬、风俗、青铜器等方面有了可参照的比较,同时具有非常重大的意义。

第四章 主持发掘琉璃阁遗址凝结的代表作

郭豫才主持的是琉璃阁第二次发掘,即主持发掘乙墓。随着发掘工作的不断深入,墓地规模愈来愈大,在琉璃阁甲墓北约3—4米处,又发现第二坑,即乙墓。1936年10月26日,也就是他刚刚来到河南博物馆,即被派去主持琉璃阁的第二次发掘,参加发掘者有许敬参、李祥岑、穆培元、曹作等(图4-1)。

图4-1 辉县琉璃阁第二次发掘现场

琉璃阁甲乙二墓出土了大量的文物,但是当时还不像现在这样撰写发掘报告,而是对墓中出土的文物按类型进行研究。是时,参加发掘的主持人是许敬参、郭豫才两位先生。他们对甲乙二墓出土的文物进行研究,共撰写11篇学术文章,其中郭豫才写了6篇,即《说贝》《说兵器》《说毕》《说甑》《说车器》《说豆》;许敬参写了5篇,即《题凑翰桧说》《说削》《说玉器》《说匏形尊》《编钟编磬说》。两位先生所写的11篇学术论文是发掘琉璃阁遗址的第一手材料,之后的研究基本上是根据这些论文和所见实物为准的。

1936年10—11月,郭豫才主持发掘琉璃阁遗址之后,对琉璃阁甲乙二墓出土器物进行研究。琉璃阁甲乙二墓出土铜器、玉器、骨器、陶器等器物3000多件。20世纪二三十年代,我国的考古事业处于刚起步时期,很多出土器物都是刚刚面世,为国人初识,并不知道此前器物为何名,有何用途。虽然,我国有古器物图,如《三礼图》等,但是大千世界是丰富多彩的,各地往往千差万别,又因时代早晚而多种多样。因此,对于器物的辨识与研究是摆在学者们面前的重要课题。

郭豫才通过对琉璃阁的发掘,对琉璃阁遗址出土的钱币、兵器、车马器、炊煮器、礼器等进行了研究。这些在当时的中国考古学研究方面皆为开创性的,对我国之后考古学的研究辨识有重要的意义。

郭豫才的研究成果发表在1937年的《河南博物馆馆刊》上。当时,由于是考古学起步阶段,还没有现在的考古学发掘报告那样全面记录发掘的地址、地理、地貌、底层、器物形状、花纹、出土的件数,以及摆放的位置、层次等。但是,他对这些器物进行研究、认定,解释其源头确实具有开拓之功。

第四章 主持发掘琉璃阁遗址凝结的代表作

一、"毕"的认定和研究

1937年5月,郭豫才在《河南博物馆馆刊》第9期发表《说毕》,对琉璃阁出土的"毕"进行了研究。

虽然是主持发掘乙墓,但在研究时,郭豫才是把甲乙二墓出土的器物放在一起研究的。是时在甲墓鼎壶之间,获得一个类似铜勺的器物,有柄,柄中间尚有木屑,勺底有三角孔,共6列,每列有9个孔。看不出这个器物是什么,郭豫才认为这或许是古代的漏器。这个器物陈列于馆中,数月未能定名。他说:"余思久之,恍然而言曰:'是古之毕欤'!"①由此可以看出,在我国考古事业发展的初期,在没有任何参照物的情况下,开拓者的不易与艰辛!

毕,根据我国古文献所述,如《礼记·杂记》云:"毕用桑长三尺,刊其柄与末。"注:"毕,所以助主人于载者。刊,犹削也。"毕是一种助食之器。

郭豫才指出,古代人常把毕、朼混用。如《礼记·杂记上》亦云:"朼,以桑,长三尺,或曰五尺"注:"朼,所以载牲体者,此谓衰祭也。吉祭,朼用棘。"孔颖达疏:"朼者,所以载牲体,从镬以朼升入于鼎,从鼎以朼载之于俎。"毕用桑长三尺,刊其柄与末者;主人举肉之时,则以毕助主人举肉。用桑者,亦丧祭故也;刊其柄与末,谓毕末头亦刊削之。毕既如此,朼亦当然。若吉时亦用棘。朼,音匕,本义作朼。

---

① 郭豫才:《说毕》,《河南博物馆馆刊》1937年第9期。

由此可见,古文献中所说的毕、枇、朼、匕的作用是相同的;也可以说,这几种音同字不同的器物具有同样的作用,后代就认为它们是通假的,是同一种器物,如唐代学者孔颖达为《礼记·杂记》所做的疏就是这样认为的。

郭豫才指出,毕,繁体字为"畢",甲骨文为▨、▨、▨,金文作▨,与畢字无别,是畢、芈古今字,字形像在田野捕捉鸟兽时用的一种长柄网。《说文》:"田,罔也,从芈,象毕,形微也。或曰由声。"徐铉曰:"由音弗,毕吉切。"《诗经·小雅·鸳鸯》"鸳鸯于飞,毕之罗之。"毛传:"于其飞乃毕掩而罗之。"《国语·齐语》韦昭注:"掩雉、兔之网也。"《月令》注曰:"网小而柄长,谓之毕。"毕,是田猎捕鸟兽所用的网。

郭豫才认为,毕、匕本二物。《仪礼·士昏礼》:"匕、俎从设。"注:"匕,所以别出牲体也。"是匕,乃叉状,专为举肉而用者。

由此可见,毕、匕二物虽然都是举肉的器物,但不是相同的器物。毕,源于田猎所用的网,而在丧祭礼上用的毕,是由田猎网而演化的毕,专用于取肉,自镬至鼎,自鼎至俎。而枇、朼、匕实际是用于叉肉的工具。

毕,由田猎网演化到用于取肉,又演进到"今北方以木条或铁丝编者,曰罩篱,以铁制者曰漏勺。自釜中取物借孔以漏汁,皆毕之遗制也"[①]。丧祭礼上所用之毕以及罩篱、漏勺,皆是由铜、铁等金属制成的网状器具,应该是以"借孔以漏汁"的特征

---

① 郭豫才:《说毕》,《河南博物馆馆刊》1937年第9期。

而制成,源于田猎之网的毕。

七,《说文》:"栖,匕也;所以取饭。"最早可能是叉状,专为举肉而用者。《方言》:"匕,为之匙,今曰调羹。"因此,郭豫才认为"匕之古文 ⌐ 与氐之古文 ┐,并无区别。余意氐毕皆匕之古文,今匕字亦正象其形也,由匕为氏、为是、为匙,其演化之迹甚显。按其形,首作两叉者,乃其身,后曳者,其柄也……匕之端,薄而锐,故后世名剑曰匕首,以其端稍曲作凹陷状,故为匙……"。此外,他还认为,"升、斗之制,亦匕、匙之演化也"。

而辉县琉璃阁出土的毕,前广11.5公分,后广10.5公分,身长13.5公分,柄长13.5公分,柄围9公分,柄厚0.4公分,深1.5公分,铜质,无铭词,亦无纹饰。底漏孔共6列,每列皆9孔。器后端近柄处有6孔,两旁各3,孔皆三尖形,与网罟甚似。[①] 应该是源于田猎所用的网罟之毕。

二、"贝"的研究

1937年2月,郭豫才在《河南博物馆馆刊》第6期发表《说贝》,对琉璃阁出土的"贝"进行了研究。

琉璃阁甲乙二墓共发现骨贝210枚,腹刻缝纹,背上有孔,形制大小如一;铜贝1548枚,青铜裹金,背面成凹状,无孔,有腹缝当为贯穿之用;还有更有杂贝数千枚,散于人首两旁,与玉器杂置。

郭豫才认为,贝质润而洁,初民最早多用为佩饰品。20世

---

① 郭豫才:《说毕》,《河南博物馆馆刊》1937年第9期。

纪30年代，我国发掘的古墓不多，但是已经发现很多贝壳以及贝。周口店发现有孔贝壳多枚，奉天锦西县沙锅屯洞穴发现贝环多件，山西西阴村亦见贝壳、贝壳坠子。这些贝壳当是穿成串用作佩饰的。贝最早发现在河南殷墟，浚县（亦属殷墟范围）辛村也出土3472枚。

贝上有孔，就说明是穿成串用作佩饰的。《仪礼·士丧礼》："贝三实于笲。"乃以贝为装饰之品者。此外，贝可以做农具用。《淮南子·氾论训》云："古者剡耜而耕，摩蜃而耨。"蜃，就有用贝类制成的。古者农具以蜃制之，蜃壳较大，不便货易，或以贝为之。至周代，农具渐有进化，而蜃蛤之类复渐少，故农具易蜃而为钱。

最后是作为钱币而用。《说文解字》云："贝，海介虫也……古者，货贝而宝龟，周而有泉，至秦废贝而行钱。"

而此次辉县琉璃阁出土的则有骨质贝、铜质贝两种。郭豫才说："今于此墓葬中，得骨贝二百余枚、铜贝一千余枚，知贝壳之下，曾经骨角、青铜二大阶段，始有泉货之兴。贝壳不敷用时，补以骨角，骨角不足，易以青铜。至铜质外裹以金者，宝珍之意也。铜贝之后，易以泉货，泉布之上，铸以贝字。由泉币变为圆法，上铸货泉二字；皆代表古制之未泯，是一制度之沿进。"[1]

郭豫才认为，古代贝之用途有三：一为装饰，二为农具，三为货易。随着时代的发展，贝的作用是逐渐演化的。秦代之后，贝才彻底完成了使命。我们今天汉字中，凡有财、货物的字，基本

---

[1] 郭豫才：《说贝》，《河南博物馆馆刊》1937年第6期。

皆有贝字,正是这一古制之遗存。从辉县琉璃阁发现的铜质贝就可以看出,贝曾经作为货币使用过。

三、古兵器的认定和研究

1937年4月,郭豫才在《河南博物馆馆刊》第7-8期合刊上发表《说兵器》,对琉璃阁出土的兵器进行了研究。

如前所述,辉县琉璃阁甲乙二墓是夫妇异穴附葬墓。甲墓是男性墓,发现很多铜兵器,其中有戈8、剑2、斧4、矛9、镞417件。这些兵器与礼器、乐器分类放置在墓葬中。郭豫才对这些兵器进行了研究。

首先是剑,当然剑是不需要认定的。因为,剑从古至今都是人类重要的武器。古籍也多次提到,郭豫才在这里主要是研究古今剑的发展变化,及其使用情况。用文献与考古材料相结合的方式研究中国古代的剑。

郭豫才认为,剑,当是由匕首发展而来的。他引用唐代欧阳询《艺文类聚》卷六十《军器部·匕首》引《通俗文》:"匕首,剑属。其头类匕,故曰匕首,短而便用。"剑与匕首自古被视同一物。

中国之剑,古制较短,之后渐长。周剑短者,仅一尺有余。《周礼·考工记》记载:桃氏剑,剑刃宽2.5寸,剑握5寸,剑身是剑握的5倍,则长2.5尺。这是上制,上士服之;剑身长2尺,谓之中制,中士服之;剑身长1.5尺,谓之下制,下士服之。这就是先秦时期的剑制。商代一尺合今16.95公分,周代一尺合今23.1公分,现在一市尺合33.3公分。由此可见,周代最长的剑合今1.7市尺。当然,古之可称为三尺剑。

汉代之剑亦为三尺剑。《史记·高祖本纪》中,高祖置酒洛阳宫曰:"吾以布衣提三尺剑取天下。"曹魏时期,剑已达4尺之长。《典论》曰:"建安二十四年二月丙午,魏太子丕,造百辟宝剑,长四尺二寸,重一斤十有五两。"

魏晋以后,皆谓七尺之剑。因此,剑之形制,时愈晚而愈长。

郭豫才指出,辉县琉璃阁出土之剑,其中一剑刃宽4公分,剑握5公分,剑身通长31公分。另外一剑无刃,剑握4公分,剑身通长32公分。这两把剑应是属于下士所佩的下制之剑。

郭豫才又指出,老子曰:"服文彩,带利剑。"《孔子家语》子路曰:"古之君子,以剑自卫乎。"贾子曰:"庶人不带剑。"他认为,剑在先秦时期虽为兵器,亦为贵族之佩饰。可知上言二剑,为诸侯之遗物也。"中国之剑首作环状,头如覆盂,可吹以作管,茎多圆状,且多雕以蟠螭等花纹,恐此乃中国剑之特色。"[①]他认为,南方多用剑。

郭豫才认为:"戈,即戟也。"关于戈、戟的区别,程瑶田认为:在于有刃为戟,无刃为戈。郭子衡认为:无刺为戈,有刺为戟。戈是先秦时代主要兵器之一,适于勾、扫和劈击。

琉璃阁出土戈7件,其一广4公分,内长8.5公分,广3.5公分,胡长13.5公分,广3.5公分,援长20公分。在戈的尾端装有一木柄,叫作柲。《考工记》载:"戈柲六尺六寸。"但是,柲有长有短。步卒用短柲,车卒用长柲。

---

① 郭豫才:《说兵器》,《河南省博物馆馆刊》1937年第7-8期。

戟,《说文》曰:"戟,有枝兵也。"有枝兵,当是有分枝的戈,即兵器。

戟,也装有木柄。仅比戈多出一个矛头,是戈与矛的合器。戟当是从戈演化而来,而戈当是从镰刀演化而来。

矛,如前所述,戈、戟属于钩兵器,而矛是属于直刺兵器。矛不仅是直刺兵器,而且也是长兵器。《释名·释兵》曰:"矛长丈八尺曰矟,马上所持。言其矟,矟便杀也。"有的矛加木柄称丈八长矛。

辉县琉璃阁出土铜矛9件,大者长51公分,刃宽1公分,骹直径2公分,围9公分,长3.5公分,重市衡31两;首侧有勾枝,长4公分。中原地势平坦,也是惯用长矛的地区。

郭豫才认为,斧有三个功效:工具、武器、装饰。斧最初是一种伐木之用具。《说文》:"斧,斫也。"注:"斧,所以斫除荆棘,以安其舍者也。"《释名》曰:"斧,甫也……始用斧伐木。"斧本为用器,我国新石器时期遗址多发现有石斧。他认为:"斧虽为用具,亦为兵器。"并举出:《国语·周语上》,有斧钺刀墨之刑。注:"斧钺,大刑也。"由斧而为戉,而为戚,是我国早期所常用的兵器。

斧在古代也用于装饰。《书·顾命》:"一人冕执钺。"《尚书·牧誓》又云:"王左杖黄钺。"周代,斧已为装饰品。

辉县琉璃阁出土斧4件,最大者长15公分,柄空广4公分,直3公分,刃宽4公分,首刃宽阔相等,中间稍细,重市衡18两。斧首空,可以置柄。斧之首侧,有一半环。这种青铜斧之形式,尚属初见。郭豫才认为:"余意此斧或专为装饰之用者,半环乃用以缀英。"①

镞,就是弓箭之箭头。《说文·金部》:"镞,利也。"《广雅·释器》谓之镝;族,从厂从矢。甲骨文字已有之。仰韶文化已发现石镞,说明镞之产生相当早。郭豫才认为,镞,当是弹丸之遗制。《吴越春秋·勾践阴谋外传》曰:"弩生于弓,弓生于弹。"先有弹丸之应用,后有石镞、骨镞、铜镞之发生,安阳殷墟发现有圆锥、扁平、双棱、三棱镫各种形状的铜镞。

琉璃阁出土400余枚铜镞,有些与殷墟出土之镞大致相同,也有一些形制的镞为以往所罕见,如扁平,脊稍高,旁有两叉,叉端成锥形;还有三棱形,由铜丝连接的细柱构成,体大且轻。这种镞制作非常精良,易于远射,有叉作倒钩状,射入人体内,不易拔取。这应该是当时很进步的武器。

《吕氏春秋·贵卒》:"所为贵镞矢者,为其应声而至。"高诱注:"镞矢,轻利也。小曰镞矢,大曰篇矢。"镞、矢其实没有什么区别。镞,是箭头;矢,是箭,包括箭头和箭杆。当然,在某些地方也可能是由竹子削尖而为矢或箭。之后,当弓箭成为一种进步武器时,镞、矢,皆有锋利的金属箭头,它们就没有什么区别了。

有的镞、矢上浸之以毒,伤人更甚。辉县琉璃阁出土者,是否为毒所浸,年代久远已不可识。但是能够看出,琉璃阁出土的镞,较殷墟更为进步。

---

① 郭豫才:《说兵器》,《河南博物馆馆刊》1937年第7-8期。

四、"甗"的认定和研究

1937年6月,郭豫才在《河南博物馆馆刊》第10期发表《说甗》,对琉璃阁出土的"甗"进行了研究。

辉县琉璃阁出土甗二,其形如今之铫:(甲)甲墓所出者,口围107公分,广34.5公分,腹围100公分;有两耳似鼎,高6.5公分,广5.2公分,底围51公分,广15.5公分,高2.1公分,厚0.4公分。底下有线状孔,分内外两列,外32个孔,内12孔,正中有"十"字,缝亦稍粗。无纹饰,以残破过甚,容量未能确定。于同处出土一镬,口围48.5公分,腹围91公分,口广15公分,高1.9公分,足高10公分,围5.5公分,厚0.5公分,容量5升8合;腹上有两环,用以提携;口缘外有牡牙,与甗底正错合,置放之迹甚显。知为一器无疑。镬底下灰甚厚,并知为当时使用之物。

(乙)乙墓所出者,口围109公分,广33公分,腹围99公分;有绳形耳二,高6.5公分,广10.6公分,底围44公分,高1.1公分,广13.8公分,缘广1.5公分,厚0.4公分,容量6升8合。[①]

甗是先秦时期的蒸食用具,上半部多为圆形的鼎(称为甑)可以盛放食物,中间是镂空的箅,下半部是鬲。鬲中有水,经过加热,鬲中的水放出蒸汽,将甑中的食物蒸熟。

甗,《说文》"甑也。"古文作䰱,亦作䰱,实则曾,甗之初文。甑与甗,其实就是同一器物。《说文》:"曾,词之舒也。"杨树达《释曾》云:"曾,从曰、从囧、从八,盖口气上穿囧而散越也。于省

---

① 郭豫才:《说甗》,《河南博物馆馆刊》1937年第10期。

吾释㽿(㽿,即曾之初文)。"曾,当是冒着蒸汽之器物。

甲乙二墓所出土的器物,郭豫才认为是甗。他又认为,古本无蒸食,煮炙者多,故甗之创制较晚。"若言甗为鼎鬲合成之器,似不若言,甗乃由鬲演进者为妥。甑者,乃由甗所蜕变。"

今辉县所出者,穿线孔于甑底,密致排列,下有镂鬲,各制错牙以实之,动移更易,较之新郑所出,显有进步;说明辉县所出之甑较新郑所出者为晚。

五、先秦车舆制度的研究

1937年8月郭豫才在《河南博物馆馆刊》第11期发表《说车器》,对琉璃阁出土的车器进行了研究。

辉县琉璃阁甲乙二墓出土了很多车器,仅甲墓就出土车器83件,其中有釭、辖、軎、马衔、环、銮等。郭豫才就甲乙二墓出土车器研究了先秦车舆制度。

(一)釭

《说文》云:"釭,车毂中铁也,从金工声。"即车毂口穿轴用的铁圈,为毂口之裹头铁。

辉县琉璃阁甲墓中出土铜釭十数件,形制可分两类:①稍短而外射稍广,直径4.3公分,厚0.4公分,射广3.8公分,射厚0.5公分,射围26.5公分,通长4.5公分,外端围15.5公分;②较长而外射较狭,直径5.3公分,厚0.4公分,缘厚0.7公分,射广1.5公分,射围25公分,通长6.5公分,外端围17公分。旁有纽,纽上有方形环1,环上有柱,乃用于贯系说,文琮瑞玉,大八寸,似车釭。言其相似者,以其皆有射。射者,其外鉏牙也。

琉璃阁甲乙二墓出土的釭,是裹车毂外的铁箍,保护车毂所用。从甲乙二墓发现的车釭来看,毂之两端皆有口,口皆有釭。《方言》云:"齐燕海岱之间曰锅,或谓之锟,皆声同互转,裹毂口之铁曰釭,而毂空沿之亦曰釭。"

但是,从以上甲乙二墓出土的釭看,两个类型的釭近射处两面皆有长方形孔。郭豫才认为,孔的作用是"用以置辖,旁并有纽一,或用以系靷与䩐;盖贯柔革于其空以缚轴,或系旄节之类以名器之所存者也"。

(二) 辖

辖,是车轴端的键。

琉璃阁出土之辖,共28件,并有二辖仍贯上举之二釭内:

(A)厚0.7公分,广1.6公分,长6.5公分。

(B)厚0.9公分,广1.5公分,长8公分。

《说文》:辖,一曰键也,颜注《急就篇》,辖竖贯辖头,制毂之铁也。而舝部鞶下。辖、鞶、键三字声相同,并有钤制义,故得互训。《淮南子·人间训》:夫车之所以能转千里者,以其要在三寸之辖。[①]

琉璃阁甲乙二墓出土有数件辖,亦用辖贯于轴头,其形制较在釭上者稍短,亦可自由抽取。釭、䡙皆有辖,当即古所谓二辖之遗制。

---

① 郭豫才:《说车器》,《河南博物馆馆刊》1937年第11期。

(三) 軎

軎,或从彗,作辖,车轴端也。《礼记·少仪》曰:"祭左右轨。"《方言》:"车辖,齐谓之笼。"注:"车轴头也。"

琉璃阁此次出土十余件軎,形制略同。直径5.5公分,有射,射广1.8公分,射厚0.7公分。外端纯为铜冒,直径5公分,上有小孔,通长10.5公分,射围29公分,外端围16.6公分,中有辖,两端各有一孔,亦用以贯穿。①

琉璃阁所出軎甚短,更足示其进化之痕迹。《史记·田单传》:"令其宗人尽断其车轴末。而傅铁笼。已而燕军攻安平,城坏,齐人走,争涂,以轊折车败,为燕所虏。"可见古之軎甚长,之后逐渐变短。

(四) 车饰(銮、衔、钩膺、环)

车饰,就是马车上的装饰。如果说釭、辖、軎,是马车上必须的零件,那么銮、衔、钩膺、环等就是为了让马车更漂亮。

銮,就是銮铃,在马镳的外面。马镳就是马衔也。马衔、銮铃,皆在马口之旁也。《说文·金部》云:"銮,人君乘车,四马镳,八銮铃,象銮鸟声,和则敬也。"《诗·硕人》释文:"镳者,马衔外铁。"亦正用以系勒者。

郭豫才认为,既云马衔之外铁,则必在马口之两旁。既云两旁,必有二镳,是一马而有二镳,二镳始可系二銮。他说:"许氏

---

① 郭豫才:《说车器》,《河南博物馆馆刊》1937年第11期。

云：八銮，人君乘车必为四马，而四马鏕之说，于理未合。"①也就是说，许慎在《说文》中的解释是不对的。

辉县琉璃阁出土銮5公分，铣5.2公分，铣间3.8公分，高5.5公分，纽高1.3公分，与同地出土之编钟相同，只较钟为小，而纽亦小异，无纹饰，中丸缺。② 同时，出土有马衔105件，皆套三环而成。大者长25公分，小者长21公分，形制无大异。

两端皆有环正所以系勒。勒者，革制也。今日北方皆沿用之，所谓扇汗或亦系于此。桂氏《句读》，言三直铁有纽相牵者谓之衔。此物仅二直铁相连，恐二三之数亦未一致。更有一物为铜柱合成，作空格形，中有二柱，一端有环，别端有孔。③

古者钩膺挡在胸前，《周礼》注钩，娄颐之钩也。钩膺，樊缨也，即以系缨者。今此物上有孔，系于身；下有环用以系缨，或即古所谓之钩缨乎？④ 马额及胸上的革带，下垂缨饰。

其他还有环数十件，并有小而高者，如今之箍，恐皆为马饰。《诗》郑笺："厄以金为小环，往往缠扼之。"今辉县出土者，已易金而为铜，然其用途则是一样的。

六、"豆"及盛食器的认定和研究

1937年11月，郭豫才在《河南博物馆馆刊》第13期发表《说豆》，对琉璃阁出土的"豆"进行了研究。

---

① 郭豫才：《说车器》，《河南博物馆馆刊》1937年第11期。
② 同上。
③ 同上。
④ 同上。

琉璃阁甲乙二墓出土很多的盛食器,或者称为炊煮器。琉璃阁甲墓出土豆8、簋14(旧称殷、敦、錞)、铺1、簠4、方盘1,乙墓出土簠4、簋5、铺1。

《说文解字》云:"豆,古食肉器也。从口,象形。"与东汉许慎《说文》中有不同的观点,郭豫才认为:豆之原始用途为蒸器,逮后为乐器。在《说豆》中他研究了两个大问题:①簋、殷、敦、錞、缶、盆、盘,皆豆之衍形器;②铺者,乃豆之初形。

郭豫才认为,豆是古人最早发明的器物,且为此系盛食器之原始器。鼎、甗、鍑、甑,是鬲之衍形器;爵、壶、觚、觥,是尊之衍形器。

琉璃阁出土豆8,皆是甲墓所出。这8个豆皆有盖与耳,盖像敦,上有轮状鏊耳似鼎。豆的全身饰蟠螭纹,精细而美观。下座有三或四个长方形的孔。最下盘的镫有灰白色者,出土时多置于大鼎之间。

甲墓所出的8个豆,当是呈偶数,或者成对的组合形式。豆的花纹、形制、大小基本相同,当是一对。其他的6个豆可能也是呈这种形式。

豆腹大不漏汁,故多盛湿物。根据《说文解字》所云,盛肉器当无疑。

郭豫才认为,豆曾为乐器。豆,金文《周生豆》作豆。《侯齐豆》作豆。甲文后上六四作豆,皆象形。又登,《说文解字》:"还师振旅乐也。一曰欲也,登也。从豆,微省声。"登字,甲文作豆;而桓字亦从豆。甲文作豆,所从之豆与登字同,可证登为豆器。又鼓,击鼓也;从支从壴。壴,亦声;篆文作鼓,象手有所持以击壴。登者,亦豆属,与桓所从者亦相同。按出音曰鼓,振动亦曰鼓。鼓为打击乐器。鼓之形制,实由豆所演变。故豆除为盛肉器之外,尚为乐器。[①]

郭豫才认为,豆为温蒸器。琉璃阁甲墓所出土的每一豆之镫上皆有三或四长方形的孔,且出土时皆坐于鼎中。是豆中盛食物置于鼎中沸水间,而用于蒸温也。鼎水沸腾,而豆易于倾斜,故其座上皆有长孔,借以减沸水上腾之力。且有数器,镫皆为灰白色之水锈所蚀,是亦豆置鼎中温燉食物之力证。[②]

郭豫才认为,登、䇺,皆豆也;敦,甲文后编第7页作🖼,或作🖼,所从之🖼,皀也;🖼,豆也。錞、敦,似盘,齐侯敦作🖼。殷、簠、铺、皿、盘,皆簋也。殷,《说文》殷,从殳、从豆;盛黍稷之器,其制似盂;或敛口,或侈口,上有盖,旁有耳,下有圈底,或缀三足,或连方座。[③] 而很多器物多有皿。

郭豫才说:"皿,饭食之用器也,象形,与豆同义。王氏释例曰:'皿,盖盆盏之属,广而庳者也。上口圆,下底平,中以象腹,而篆作🖼,左右两直不黏连者。'印林曰:'钟鼎文作🖼,疑本作🖼,象其奢也;屡改作🖼耳。'按印林说是,金文作🖼诸形,甲文作🖼诸形,与豆形极相似,并非皆广而庳者也。簠簋从皿者,亦其器物相近之证。"[④]

郭豫才多从义字论证,认为铺、䇺、䇺、登、盘、镫诸器,多名异而实则一器。他认为,豆、簋本一器。簋之形制,特稍后耳;豆之形制多变异,名称亦随地而不同。

---

① 郭豫才:《说豆》,《河南博物馆馆刊》1937年第13期。
② 同上。
③ 同上。
④ 同上。

郭豫才有些研究和观点确实是独树一帜的,而且属于开创性的。例如:他认为殷、簋本是一物,两种写法;他最早认定了"毕",并阐明古文献中毕、匕是两种器物,其源流与用法也各不相同;他认为豆有三种作用,即盛食器、温蒸器、乐器;他认为铺、簠、簋、笾、登、盘、登等诸器,皆是豆的衍生器,是名异而实则一器。虽然,以上观点还可以再商榷,但也是非常重要且很难得的一家之说,这些观点皆闪耀着真知灼见的光辉。

第五章　河南博物馆文物的研究与豫西文物考察

在发掘了辉县琉璃阁之后,1936年八九月间,郭豫才与河南博物馆的同事们一起到豫西考察。他们考察了广武(今河南省荥阳境内)遗址、渑池县仰韶文化遗址,在洛阳考察了周公用土圭测定的"地中",最重要的是与关百益到洛阳龙门考察,他们对龙门山、东山上2300多个洞窟、窟龛,2800多品碑刻题记进行拍照或拓片。按照龙门山各个山头的位置,然后对每一个洞窟的石刻壁画,逐洞进行拍照、摄影,保存资料,并记载各个洞窟的保存情况。此外,郭豫才对这次考察的意义进行了研究,并写出研究结论,不仅推动了学界的研究,而且引起学术界的关注。

一、1937年考察仰韶文化及对安特生观点的补充与驳斥

仰韶文化遗址位于河南省渑池县仰韶村。瑞典人安特生曾任万国地质学会秘书长,1914年北洋政府聘任安特生为中国矿政顾问,在中国从事地质调查,并且对古生物化石进行了采集和整理研究。

安特生派助手刘长山到河南采集动物化石。刘长山在洛阳西部收集石器、脊椎动物遗存,在渑池县仰韶村见到许多石器,他在这里搜集或购买了600多件石器及少量陶器。安特生根据

刘长山的发现和调查,推断仰韶村可能是一处新石器时代遗址。1921年4月安特生取得中国政府同意,带几个助手来到渑池,发现有灰层、灰坑和陶片堆积,其中有大量的石器、彩陶片、骨器、蚌器等,他们共装4个木箱,托运回地质调查所。之后在黄河中下游地区共发现与仰韶文化类似的遗存5000多处,年代在5000BC—2923BC,其延续时间约2000年。根据考古学的惯例,把第一个考古发现的遗址命名为同一类型的文化,故把分布于黄河中下游及其边缘地区,即河南、山西、陕西、河北、甘肃、内蒙古、湖北、青海、宁夏等地区同一类型的遗存,皆称为仰韶文化,其中心地区在豫西、晋南、陕东一带。由于这个类型的遗存以彩陶为特色,故仰韶文化遗存又称彩陶文化。

1937年,郭豫才在豫西考古调查之后发表了《仰韶器物小记》,记录这次考察的收获。在这篇文章中,他首先批判了外国学者对中国文化不正确的认识。当时,美国学者劳佛尔著有《中国古玉考》、日本学者鸟居龙藏著有《南满洲古人种考》《东蒙古古人种考》等。

郭豫才认为:"(二人)皆谓中国无石器时代之文化,纵有石器发见,亦系他族所遗留。是以中国有史以来,即知利用铜器也……此遗址为汉族文化之仅存,继仰韶而发见者有奉天沙锅屯甘肃等遗址,步达生氏据其遗骸,考定此民族与近时中国北方人民同属一派,是仰韶遗址之发见,于民族及文化上,皆有极重要之贡献。而劳弗尔鸟居龙藏二氏之说,至此亦不得不重为之估定也。"[1]

郭豫才批判了劳佛尔与鸟居龙藏认为中国没有石器时代的观点。之后,又对这次考察的收获进行了研究。这次豫西仰韶文化遗址考察又得到一批石器,皆是安特生在1921年发掘未得到的器物。其中,有石凿10件,石凿一般为方形,较大的宽约4公分;石斧4件,其大且完整者,长11公分,宽6公分,厚3公分;镰刀3件,有孔,宽4.3公分,厚0.5公分,最大者广8.8公分,厚1.1公分,厚1公分;还有锥、镞、石环等。这些均为磨制石器,打制、磨制痕迹明显。

骨器有骨刀1件,长17.4公分,宽1.6公分。安特生在《中华远古之文化》一书中未著述,可能没有见到此物。骨刀当是由一兽类肋骨所磨制,青黄色,形似刀,刃较钝,但绝不是骨笄之类的器物,故认为是骨刀。

陶器有陶环8枚,陶片数十片,有彩陶、灰陶等。此次还发现一些陶器的器范,范内有手印,当为手制。

郭豫才在这里谈到,河南博物馆从遗址考察所得2件牙饰,其中较大的1件,骨质软而无光泽,一端有孔,当用于联系;较小的1件,质硬而润,可惜残破过甚。

郭豫才认为,这种有孔的牙齿,是古人用以装饰的牙饰,也是旧石器晚期的普遍现象,如北京周口店上洞文化层、捷克之佛司东尼斯、欧西之阿里诺辛及马特兰宁的文化层,皆发现有带孔的牙齿,当为装饰。至今,塔斯马尼亚之民仍沿用这种牙饰。他

---

[1] 郭豫才:《仰韶器物小记》,《河南博物馆馆刊》1937年第11期。

说:"而仰韶遗址附近,竟有此物出土,是仰韶遗址之年代,尚有超越新石器时代之可能;或仰韶为文化属之堆积,新石器时代文化层下,尚有旧石器文化之遗留。至有孔牙齿之演变,在玉器中有冲牙,石器中有半环佩饰等。"①

在仰韶文化遗址考察中,郭豫才不仅发现了安特生在最初发掘中没有见过的骨器,而且也认为在仰韶遗址的下层,还有旧石器的遗留。

1937年郭豫才在对豫西考察中,发现的石器主要有石凿、锥、镞、石环等,这是安特生1921年发掘未得到的器物。安特生曾经说过,他在遗址中没有发现仰韶遗址的石器,故他认为仰韶文化的彩陶文化是从西亚传入的。郭豫才发表《仰韶器物小记》,对安特生的观点进行了驳斥。

二、广武"陶瑗"的考证

1936年8月,河南博物馆人员赴豫西进行文物考察,郭豫才与同事来到河南省广武县,在此收集了大量的陶瑗。他说:"广武,豫省旧河阴也;连西有敖仓,迤北滨大河,形势险阻,为历代争战之地。"广武,在今河南省荥阳境内。《史记·项羽本纪》云:"汉王则引兵渡河,复取成皋,军广武,就敖仓食。项王已定东海来,西与汉俱临广武而军。"《集解》引孟康曰:"于荥阳筑两城相对为广武,在敖仓西三皇山上。"正义引《括地志》云:"东广武、西广武在郑州荥阳县西二十里。戴延之《西征记》云:三皇

---

① 郭豫才:《仰韶器物小记》,《河南博物馆馆刊》1937年第11期。

山上有二城,东曰东广武,西曰西广武,各在一山头,相去百步。汴水从广涧中东南流,今涸无水,城各有三面,在敖仓西。郭缘生《述征记》云:一涧横绝上过,名曰广武,相对皆立城堑,遂号东西广武。"安特生曾在广武采获很多彩色陶器,运往瑞典国都斯德哥尔摩。阿尔纳曾写《河南石器时代之着色陶器》一书,使广武之名驰全球。

河南博物馆人员在广武进行考察,并得到800多件类似"瑗"的陶器,或者说是陶环,或陶瑗。当然,其中也有一些用骨或者蚌制成的"瑗",但是以质为陶者居多。这些陶瑗当是该遗址中重要的文化形态和内涵。

这些陶瑗收藏在河南博物馆内,在数量上是安特生所收集到的数倍。郭豫才认为,这些瑗的质地主要是陶质,有黑陶、灰陶、红陶、红陶涂以白粉者、灰胎涂以红釉者、红胎涂以青黄釉者,其形制有圆状、扁平、竖立、外廉内圆、外间内廉、圆状上有磨平痕迹者等。除此之外,还有骨质、蚌壳、白瓷、石质等。这批陶瑗纹理丰腴,数量可观,质地以陶质为主而多样,具有很大的研究价值。

这些"瑗"的用途是什么?这是郭豫才所要解决的问题。《尔雅·释器》:"肉倍好谓之璧,好倍肉谓之瑗,肉好若一谓之环。"他认为,广武所出的器物,其孔(即好),皆比肉大得多。那么,这个陶器的肉与孔之比例,既不是璧,也不是环,当是瑗。

首先,这里所出土的陶瑗,灰陶居多,陶质粗陋,并且较为沉重,应该说,不是用于装饰,也不是用于祭祀的。

郭豫才认为,广武的器物,虽有尖底器、平底器,当亦有圆底器。这些"瑗"当是作为圆底器的圆足之用,即放置圆底器的支架。[①]

其次,当是用作器环。铜器中的鼎壶盘匜等,多耳中穿环,以作提携之用。这些瑗,当是穿在一起,作提携之用。

郭豫才认为,当时尚未有文字,这些形制不同的陶瑗穿起来,以表现不同事物之数,即用于结绳记事。当然,新石器时代,尚处于实物交换的时期,这些陶瑗亦可能用于交换。

郭豫才的观点在当时是新鲜的、独到的。他出身于耕读之家,对民间生活非常熟悉。他从民间生活的器具着眼,认为广武出土之陶瑗就是放置如圆底器的圆足,或者支架之用。

三、论述"地中"

郭豫才等人在豫西考察,其中洛阳是重要的一站。洛阳是西周王朝的东都,是周公占卜而定下的都城。《尚书·雒诰》记载,周公云:"予乃胤保大相东土,其基作民明辟。予惟乙卯,朝至于洛师,我卜河朔黎水,我乃卜涧水东、瀍水西,惟洛食;我又卜瀍水东,亦惟洛食。伻来,以图及献卜。"孔安国《传》云:"言王今来居洛邑,继天为治,躬自服行教化于地势正中。"

上段话的意思是,周公经占卜以雒邑为东都,在涧水东、瀍水西、瀍水东,这里处于"地势正中",即"地中"。在当时的人看来,只有"地中",才是建立国都之地。《吕氏春秋·慎势》:"古之王者,择天下之中而立国,择国之中而立宫,择宫之中而立

[①] 郭豫才:《广武残瑗记》,《河南博物馆馆刊》1938年第14期。

庙。"

雒邑被称为"天下之中",也是"天地之中"。而"天"是缥缈的,所谓的"天下之中",就是"地中"。这是一个地理概念。

(一) 质疑"日景千里而差一寸"

据说,最早测"地中"的是周公,之后周王室专门设立"土方氏",测量地中;相宅、建国、建都鄙,其实也是测量"天常"。土方氏即管理天文、历法、季节的长官。

我国最早测量"地中"当在西周时期。东汉经学家郑玄注《大司徒》认为,周公测景之处在颍川阳城,并提出"日景千里而差一寸"的计算方法。之后,古文献《淮南子·天文训》《周髀算经》皆以此为测量之标准。郭豫才认为,周公测景之处在颍川阳城的看法是没有问题的,但是"日景千里而差一寸"的观点,"只是承用古法,多非实测"。

《周礼注疏·地官·大司徒》云:"以土圭之法,测土深,正日景,以求地中。日南则景短,多暑;日北则景长,多寒;日东则景夕,多风;日西则景朝,多阴……日至之景,尺有五寸,谓之地中,天地之所合也,四时之所交也,风雨之所会也,阴阳之所和也。然则百物阜安,乃建王国焉,制其畿方千里而封树之。"郑玄注云:"昼漏半而置土圭,表阴阳,审其南北。景短于土圭谓之日南,是地于日为近南也。景长于土圭谓之日北,是地于日为近北也。东于土圭谓之日东,是地于日为近东也。西于土圭谓之日西,是地于日为近西也。如是则寒暑阴风偏而不和,是未得其所求。凡日景于地,千里而差一寸。"

《周礼注疏·夏官·司马下·土方氏》云:"土方氏掌土圭之法,以至日景,以土地相宅,而建邦国都鄙。"郑玄注:"致日景者,夏至景尺有五寸,冬至景丈三尺,其间则日有长短。"贾公彦《疏》曰:"按《玉人职》'土圭尺有五寸以致日'。先郑注《大司徒》以为于颍川阳城。夏日至昼漏半,立八尺之表,表北得尺五寸景,适与土圭等,则为地中,以建王国也。冬至景丈三尺者,亦于颍川阳城昼漏半,立八尺表,表北得丈三尺景,亦为地中。云其间则日有长短者,谓冬至日极短,夏至日极长。其极长极短之间,冬至后日渐长,夏至后日渐短。"

《周礼》记载的求"地中"之法,完全是从土圭之景(即影)的测量"测土深,正日景,以求地中"而得出的"地中"概念。人们迎着太阳树以八尺圭表测量日影的长度。夏至之日,圭表之影最短为一尺五寸;冬至之日,圭表之影最长为一丈三尺。圭表所在之处,即为"地中"。

之后,古文献《淮南子·天文训》《周髀算经》提出测量之标准皆与郑玄提出的"日景千里而差一寸"的观点相似。

郭豫才认为,西周时期对"季节"与"地中"的"测景之法",虽然已经表现出我国西周时期已经对历法有了明确的认识和掌握,但还不是十分准确,"测景之法未密"。他还认为,郑玄的观点"只是承用古法,多非实测"。

郭豫才指出,南朝宋元嘉十九年(442年),朝廷派使者到交州(今越南境内)在夏至之日,测量日影。交州测量的结果,与同一天在今河南省的阳城测量的结果相差一尺八寸二分。阳城距离交州当万里,若按"日景千里而差一寸"计算,是不符合实际测量结果的。实际的测量只是"600里而差一寸"。又南朝梁武帝大同年间,朝廷于夏至之日以八尺表测影,为一尺一寸一分强。梁天监七年(502年),在洛阳于夏至之日以八尺表测影,为一尺五寸八分。金陵距离洛阳约当千里,而测量结果却相差四寸,则为"250里而差一寸";因此"日景千里而差一寸为非实"。①

近年来,考古工作者在我国山西临汾陶寺遗址,发现具有观象授时功能的观象台遗迹,引起了人们对古天文的关注。徐凤先、何驽根据陶寺于夏至之日所测量日景情况,与河南登封王城岗的测量日景相比较后提出:日影千里差一寸的观念当产生于国家建立之际黄河中游两个重要的考古学文化——尧都陶寺和禹都王城岗——的日影观测实践。这两个地点观测到的夏至日影分别为1.6尺和1.5尺,也就是《周髀算经》和《周礼》所记载的两个夏至日影长度,通过对早期长度和距离的分析证明两地之间的直线距离接近当时的一千里。这一时期正是中国文明史上日影测量和大范围地理测量相继开始的特殊时期,由此产生了日影千里差一寸的理论观念从尧都陶寺与夏都王城岗所进行的日景测量而提出来的,云:从尧都平阳到禹都阳城,距离相距近一千里,夏至日影差一寸。这大概就是日影千里差一寸这一约数概念的由来,只是被后人遗忘本源,误解成南北地广差当时的一千里,影长差一寸。②

---

① 郭豫才:《论古代测景与地中》,《河南博物馆馆刊》1936年第2期。
② 徐凤先、何驽:《"日影千里差一寸"观念起源新解》,《自然科学史研究》2011年第2期。

徐凤先、何驽提出"日影千里差一寸"的理论观念,是指东西方向而言,非南北地广相距千里而差一寸,也可能有一定的道理。

笔者认为,皆在夏至之日陶寺观象台的日景测量与王城岗的测量刚好符合"日影千里差一寸"的标准,或许只能说明陶寺与王城岗的情况,而洛阳与金陵也基本上为东南方向之距离。

(二)"地中"的解释与研究

郭豫才认为,我国古文献记载有好几个"地中",分述于下。

阳城说:如前所述,最早提出此观点的是东汉郑玄。他在《周礼·大司徒》的注释中认为"颍川阳城"则为地中。自西周始,直至宋代我国历代测景皆在阳城;并依照古法立八尺表,于夏至日中测景,求土中(即地中)。测景台在登封告成镇,即古阳城地。

岳台,宋朝时期测景移在岳台。岳台,在南北朝时期曾是侯景的住所,宋代京师的坊地,曰浚仪,即今之河南省开封市境。

以岳台为地中,始自唐朝开元年间(713—741)。《新五代史》卷五十八《司天考》云:"开元十二年(724年),遣使天下候影,南距林邑,北距横野,中得浚仪之岳台。应南北弦,居地之中。大周建国,定都于汴,树圭置箭,测岳台晷漏,以为中数。晷漏正,则日之所至,气之所应,得之矣。"

唐朝开元十二年(724年),在浚仪之岳台测景,认为这里"应南北弦,居地之中",于是五代时期的梁、唐、晋、汉、周,以及北宋皆以开封为都,认为这里是"地中"。但是这个时期,由于五代处于动乱年代,因此测量地中,仍以阳城观象台所测景的数据为准。

宋仁宗是北宋的太平皇帝,又诏令周琮、于渊、舒易简等人对历法进行改制。《宋史》卷七十六《律历九》云:"皇祐初,诏周琮、于渊、舒易简,改制之。乃考古法,立八尺铜表,厚二寸,博四寸,下连石圭一丈三尺,以尽冬至景长之数。面有双水沟为平准,于沟双刻尺寸分数,又刻二十四气。岳台晷景所得尺寸,置于司天监。候之三年,知气节比旧历后天半日。因而成书三卷,命曰《岳台晷景新书》,论前代测候是非步算之法颇详。既上奏,诏翰林学士范镇为序以识。琮以谓二十四气所得尺寸,比显德钦《天历王》朴算为密。今载气之盈缩,备采用焉。"

周琮、于渊、舒易简等人对历法的改制,经过三年的验证,"气节比旧历后天半日"。于是成书《岳台晷景新书》三卷,比后晋显德年间(954—960)王朴所著的《钦天历》准确,从此以宋朝皇祐初所测景为准。宋朝测景不在登封阳城,而改在浚仪(即开封)之岳台。

《宋史》卷四十八《天文一》云:"宋朝测景在浚仪之岳台。崇宁间,姚舜辅造纪元历,求岳台晷景。冬至后初限六十二日二十二分,盖立八尺之表,俟圭尺上正八尺之景,去冬至多寡日辰,立为初限,用减二至,得一百二十日四十二分为夏至后初限,以为后法。盖冬至之景,长短实与岁差相应,而地里远近古今亦不同焉。中兴后,清台亦立晷圭,如汴京之制,冬至必测验焉。"

关于"地中"问题,是经国家政府所进行的测景处,当以阳城最古,而且至今遗迹犹存。开封岳台乃是自唐朝五代就开始进行,但是直至北宋才固定测景之处,也就是中古的测景处,时代相对阳城较晚,且曾在京都;因河水湮没,今其测景之所已不可复寻矣。

郭豫才得出结论:"按天文集成地中议曰。近者授时法太阳行度有盈缩。春分前二日。太阳已缠春分赤道度。至春分日。太阳行以先天二度余。秋分二日。太阳方缠秋分赤道度。当秋分日。太阳尚未及天二度余。取卯酉晷影相直。其地正为地中……地中当在阳城之北。约四五百里是也。至论地平不当天半。则又当有损益焉。是古代测景处曰阳城。曰洛阳。曰岳台。皆在王畿之内。江永云。景以土中而定。非土中因景而得也。其又有未尽者。乃土中因形胜而定。非形胜因土中而定也。明乎此。始可与言地中。及古代测景。"[①]

郭豫才认为,所谓地中的概念是根据皇帝及国都所在地而定的。国都与皇帝在哪里,哪里就是"地中",就是"天下之中"。如《史记·五帝本纪》云:"舜曰:天也。夫而后之中国,践天子位焉。"《集解》引刘熙曰:"帝王所都为中,故曰中国。"《史记·货殖列传》云:"昔唐人都河东,殷人都河内,周人都河南。夫三河在天下之中,若鼎足,王者所更居也,建国各数百千岁。"太史公说,三河地区是"王者所更居,建国各数百千岁",才能成为"天下之中",也是"中国"名称的由来。

四、洛阳龙门石窟的调查与研究

1936年冬,郭豫才与关百益一起赴洛阳龙门石窟进行文物

---

① 郭豫才:《论古代测景与地中》,《河南博物馆馆刊》1936年第2期。

调查与研究。龙门石窟位于河南省洛阳市南30余里,与甘肃的敦煌石窟、山西大同的云冈石窟,为中国三大佛教石窟库。公元494年,北魏王朝迁都洛阳。这个时期正是佛教在中国传播最盛的时期,在山上开凿石窟,成为王朝的幸事和业绩。北魏孝文帝迁都洛阳的当年就着手开凿龙门石窟,历经隋、唐、五代、北宋,石窟的开凿才逐渐衰落。

据郭豫才说,在河南博物馆他做的另一项工作就是和关百益合作拓、摄了伊阙全部石刻,是在北方腊月的风雪交加中完成的,热情战胜了严寒。看来他把在洛阳和关百益合作拓、摄了伊阙全部石刻,当成一生中所做的最有意义的事情之一。

当时洛阳龙门已经残破不堪。自近代以来,战争频发,我国荟集魏晋艺术之精华、美术史上之巨制的龙门石窟破坏日甚,精美的佛像残颅断臂,狼藉不堪。在这种情况下,当时的国民政府要求河南省政府鸠工兴修,并要求按山逐洞,摄影存真,以资保存。

由于关百益曾经研究过伊阙石窟的佛像,于是又派关百益前往主持这个工作。关百益在《伊阙古迹图序》中提出:"特委同民政厅委员郭君豫才,赴洛督工摄影,并嘱余编辑成书,精印传世,以存伊阙之真相。"

也就是说,郭豫才作为一个年轻人被派去与关百益拍摄龙门石窟的佛像,摄影存真,表明对他的信任。

当时,龙门石窟距离洛阳市区30余里,而且龙门山上的山路尚未修缮,每天先生等人都攀爬在崎岖的山路上。龙门山上有窟龛2300多个,碑刻题记2800多品。

郭豫才等人要按照龙门山各个山头的位置，然后对每一个洞窟的石刻壁画，逐洞进行拍照、拓片、摄影，并记载各个洞窟的保存情况，保存资料。更重要的是龙门山分为龙门东山、龙门西山。奉先寺所在处为西山，其对面的山称为东山。据说在过去的年代，东山石窟数量规模皆比西山石窟多且大；东山石窟主要有：四雁洞、擂鼓台三洞、二莲花洞、看经寺等，民间口传"西山一山，不如东山一湾"，说明东山石窟数量之多。由于当年文物贩子皆在东山偷凿洞窟的佛像，故今东山石窟被毁的特别多，不复当年盛况。

虽然龙门东山洞窟规模大，数量多，但是山路难走，故能够上去的人不多。正因为东山地理位置较为偏僻，先生等人在这里考察一个多月，还发现了东山上未曾被人发现的石窟、佛像及珍贵的唐代碑刻。郭豫才等人在东山发现没有记载的洞窟、佛像、碑刻数百处，在这里共摄影300多张，记载下丰富的资料。

1937年，郭豫才等人将龙门资料整理成《伊阙古迹图》一书出版。该书收集材料是原来关百益收集整理出版的《伊阙石刻图表》所刊载照片的三倍还多。[1] 他们还发现龙门石窟相对其他石窟的特殊之处，如很多佛像石窟中皆有单室、复室，有的室中心空虚，有的实以方柱。方柱上刻塔佛，即所谓涅槃者也。云冈、巩县石窟寺、渑池鸿庆寺皆有窟中实以方柱者。然而，龙门一律为中空之单室，绝无中实方柱或复室。龙门十寺，但是寺名多与所出地点不符。他们还提出，洞窟中的神像以及书法的问题。

---

[1] 王瀛三：《记河南博物馆研究员郭豫才先生》，载河南博物院编《河南博物院建院八十周年论文集》，大象出版社，2007，第396页。

郭豫才等人的研究为后人研究龙门石窟提供了非常珍贵的第一手材料。

五、"道光二十一年黄河围开封"的研究

郭豫才在《河南博物馆馆刊》1936年第3期发表《道光二十一年黄河围城档案》，该文详细地介绍了道光二十一年（1841年）泛滥水漫，决口80余丈，大溜直奔省垣的情况，官民抢护，绵延数月。被灾者有河南、安徽两省五府二十三州县之多。先生在河南通志馆见到这个材料，光绪年间（1875—1908）河南督抚兼河务牛鉴，河臣文冲的上疏文章，以及皇帝所辖的诏令。这些上疏和诏令，记载了光绪二十一年（1895年）黄河泛滥，水淹河南省城开封的惨况，以及治理情况；当然，还有清朝的刑法等情况。他认为这些材料弥足珍贵，给后世治河工程以重要的启示和经验。

郭豫才首先提出，黄河决口，代有所闻，而明清尤甚。仅黄河决口进入开封者，明朝洪武二十年（1387年）黄河水入安远门，永乐八年（1410年）坏旧城，天顺五年（1461年）决土城、复决砖城，崇祯十五年（1624年）流寇决河于朱家寨、冲破汴城北门、周王恭仓皇逃离汴垣。

大清一代，黄河决口较少，但是道光二十一年（1841年）黄河决口确实非常严重。

(一) 道光二十一年六月初八黄河暴涨及释"大溜"

道光二十一年(1841年)六月初八,河南巡抚兼河务牛鉴上奏:黄河水暴涨,一日之间涨九尺六寸,几乎与大堤平,这是前所未有的情况。黄河滩内的百姓,尽被水淹。开封附近的祥符县31个堡被水漫过堤顶,水势汹涌;而且这里的大堤系无工之堤,兰仪汛都司邱广玉等人正在购备物料,抢筑。虽未制动"大溜",但是水势太大。省城于十七日辰刻被水所围,省城有数百万生灵所聚,又是仓库钱粮重地,势甚危险。酉时(17—19点),水势稍消。

这里解释一下"黄河滩内""大溜"的观念。

黄河是中华民族的母亲河,但是她又暴怒无常,经常会泛滥成灾。人们自古就重视对黄河的防治,为了制服黄河,人们想了许多办法,如修筑堤防,变水害为水利。《汉书·沟洫志》云:"盖堤防之作,近起战国。雍防百川,各以自利。齐与赵、魏,以河为竟。赵、魏濒山,齐地卑下,作堤去河二十五里。河水东抵齐堤,则西泛赵、魏。赵、魏亦为堤,去河二十五里。虽非其正水,尚有所游荡,时至而去,则填淤肥美,民耕田之,或久无害,稍筑室宅,遂成聚落,大水时至漂没,则更起堤防以自救。稍去其城郭,排水泽而居之,湛溺自其宜也。"师古曰:"濒山,犹言以山为边界也。"

也就是说,战国时期人们在黄河两岸,各在距离河面25里处修筑堤防。这是根据黄河滚动不止、河床不稳的水性,最科学的治理黄河的办法。当黄河落水安澜之后,淤灌了岸边的土地,成为肥美的可耕之地。直至近代,我国黄河大堤仍以齐、赵、魏当年所筑堤防,也就是在汉代的金堤为基础上,又经历代修葺而成的。黄河堤防的修筑对齐国人民的安全及农业的发展有十分重要的意义,为后代我国黄河的治理提供了有价值的经验。

从黄河两岸到两边大堤的距离各有25里,这一大片土地成为黄河滩内。由于这片黄河滩相当大,而且即使泛滥,落水后会成为肥美之地。于是有人就在黄河滩内种田,起庐舍,遂成村落。前面开封地方官上奏所说的"黄河滩内的百姓,尽被水淹",指的就是这些百姓。

"大溜",就是江河中心速度大的水流,即泛滥的黄河水流会将土地冲成一条深沟,这就是制动了"大溜"。黄河将泥沙、盐碱沉在深沟之中,尽成沙砾。这个"大溜"宽约3—4里,甚至5里,深3米左右,长或者几十里、数百里;要看河水流经多远,"大溜"就有多长。这个"大溜"本来是良田,成为"大溜"之后,50年内不生青草,寸草不生,百年之内,不生稼禾,使生态环境遭到严重的破坏。①

如果黄河泛滥的河水没有形成"大溜",泛滥的黄河水所流过的土地等于淤灌,被淤灌后的土地会成为非常肥美之地,甚至可以几年之内不用施肥,庄稼也会丰收。但是在黄河泛滥的当年,被灾之处也会有重大的损失。

---

① 郭豫才:《胡石青事迹闻见录》,《河南文史资料》1988年第28辑。

(二) 道光二十一年六月黄河灾情

道光二十一年(1841年)六月十九日,省城外房舍,猝不及防,多被冲塌,人口多有损伤。人多避入城内,暂居城垛之上。城内各街积水四五六尺不等。城内居民被水者,躲在高阜。皆购置席片馍饼供给。

六月二十二日酉时(17—19点),河水复涨,有制动"大溜"之势,情势极为危险。祥符汛31个堡,业经漫溢。省城被围之水,增高三四尺。而此时"大溜"之势全行制动,分路急流而下。

六月二十三日戌时(19—21点),城外水急暴涨。二十四日,据开归、封道驰报,"大溜"已全行制下,由漫堤建瓴而下。溜水由漫口直冲护城堤泻下,紧对省墟,其危不测。入堤(指开封城北护城堤)后"大溜"忽改道偏西,约离省三四里,刷成深沟,然后向南直冲而下,顺堤由东南缺口而出。其注射省城者,不过溢出之旁溜,尚不湍急。查水去形势,由陈留、杞县漫溢,本省则归陈州各属,并安徽亳州,适常其冲。安徽、江苏、南河漕运各督抚,此黄河夺溜后制是在情况也。①

黄水漫滩,漳、洹、卫、广、济等河并张。被水者,有荥泽、中牟、郑州、内黄、封丘、考城、武陟、孟县、原武、孟津等10州县;其因31堡漫水被淹者,祥符而外,有陈留、杞县、通许、太康等县,庐舍人口,均有损伤。委员带粮驰往,善为抚恤,以资安辑。

---

① 郭豫才:《道光二十一年黄河围城档案》,《河南博物馆馆刊》1936年第3期。

（三）黄河水灾的善后措施

河南巡抚兼河督牛鉴必须赶紧设法防范，厚集兵民，联系各方，调取物料，疏通水路，以免续涨之虞；设法分散"溜"水，修缮城垣各损裂之处，抢之护堤缺口；对城内居民加以抚绥。多购砖块，买民间破房产，或拆毁破庙，将碎砖抛成坡偎，加固城根，筑水坝，砖坡必露出水面，挑"溜"外移。前河臣贾毓美所用的抛砖之法，其功甚巨。本次城垣修缮仍使用此法，损在城根者，外抛砖石，内加土铁；损在城身者，或抛砖坡维护，或紧厢埽段抵御，务使全城修补无暇。

此外，对大堤加紧修缮，以免续塌，相度地势，于护堤外，抽沟以泄水势。调动各厅员工划分段落，各守界址，修缮城垣；乃饬开归道步际桐总司其事。

城外居民，水至猝不及防，遭压溺者甚多，余迁高阜者半，避入城内者半；而城内民房泡塌迁城垛者亦有增添。公所宽阔者莫若贡院，将携家露处者悉行安置收养，其孤单男妇老弱，在于五城，设五场赈济。城内人多粥少，饬最近朱仙镇办粮接济；分饬各州县，购粮运济。觅雇大小船数十只，分置城外，庋济灾民。

牛鉴上疏所采取的措施，是否全部付诸实现，有待进一步核实。据说牛鉴是个较为清正的官员，而且道光二十一年（1841年）六月的水灾又是那么多严重，应该说牛鉴考虑和采取的措施皆有一定的借鉴意义。

六、井水文化的研究

郭豫才在《河南博物馆馆刊》1937年第9期发表《殷周民族与井水文化》，该文对殷周时期的井水问题进行研究，所得出的观点主要有两点：(1)发明穿井的井氏、邢氏部族及井国是东方古国；(2)西域地区的"穿井"及"地下行水"之法由中原传入。

（一）井氏、邢氏部族及井国的研究

郭豫才提出，在我国史籍上有"黄帝穿井""伯益作井"的记载，但在20世纪二三十年代，考古事业刚刚在我国兴起，在仰韶、龙山文化的遗址中尚未发现水井的遗迹，但是他认为："黄帝、伯益，北方民族也；以北方少水之乡，而先有凿井之术，自属情理中事。"[1]

这篇文章是郭豫才1937年写的，当时尚未在仰韶文化遗址中发现水井的遗迹，然而随着考古事业的发展，目前该遗迹发现很多新石器时期的水井，最早发现有长江下游河姆渡遗址的水井遗迹，即木构的方形竖井，外围是一圈近圆形的栅栏，面积约28平方米，里面边长约2米，面积约4平方米。井底距当时地表约1.35米。[2] 由于南方地下水较浅，这其实是一个浅水井。

而北方中原地区发现最早的水井是舞阳贾湖遗址北6公里大岗发现的裴李岗文化晚期的一口深6米多的水井，井底有许

---

[1] 郭豫才：《殷周民族与井水文化》，《河南博物馆馆刊》1937年第9期。
[2] 黄崇岳：《水井起源初探——兼论"黄帝穿井"》，《农业考古》1982年第2期。

多汲水用的小壶,还发现有丽蚌和鳄鱼鳞板等。① 黄河中游地区还发现有河南汤阴白营龙山文化早期的一个井字形的木沟水井。大井口南北长5.8米、东西宽5.6米,下深0.55米处为小井口,南北长3.8米、东西宽3.6米,井上部的四壁向外倾斜,下部较直,口大底小。井四壁用圆木棍自上而下一层层垒筑而成,呈"井"字形。② 另外,洛阳矬李遗址3期文化层发现圆形水井一眼,直径1.6米,深至6.1米处见水。河北邯郸涧沟、山东广饶傅家、济宁张山、滕州西公桥、枣庄建新、兖州西吴寺、临淄桐林、章丘城子崖、邹平丁公等,河南鹿邑栾台、山西襄汾陶寺、河北容城午方遗址中,皆有发现水井遗址。

郭豫才在写这篇文章时,还没有见过这些材料。从目前考古发掘的材料可以看出,中原地区自裴李岗文化时期,先民就已经开始使用水井了。

《殷周民族与井水文化》一文主要研究的是殷周时期的水井文化。郭豫才认为,有村落,就可能会有井。殷商甲骨文中的"丼"、西周井叔钟铭之井字,"形似甲骨,而中多一点,乃指事也,言其中有水。"此字为"丼"。在甲骨文中有"癸卯卜,宾贞,井方于唐宗彘。"(后编·十八·五)井,国名也,与鬼方一样同属殷商大国。父丁鼎铭中还有"隹王征妌方。"金文中还有妌侯、妌伯、妌叔、妌季、即周之邢国。古印玺中,还有井亲、井孙、井林、井藉等,又与妌武、妌诩、井丰、井佳等。《左传·僖公五

---

① 河南省文物考古研究所编著:《舞阳贾湖》(下卷),科学出版社,1999,第965页。

② 同上。

年》记有井伯,《穆天子传》记有井公。

井亦作"邢",先秦时期有邢国。《史记·殷本纪》有"祖乙迁于邢"。邢,曾是祖乙时期的国都。西周时期有井侯钟。这些都说明我国殷周时期有井族,并建立有井国。井族当是发明井的部族。

郭豫才在本文中还提出一个论点。他认为,井族、井国当是东夷地区之部族。笔者认为也是很有道理的。井族、井方、井国在殷商时期已经出现,并与商族通婚,当与商王朝距离不是太远,很多学者认为当在今河北省邢台市境;也是"祖乙迁于邢"之"邢"。邢,曾是殷商王朝的国都,后为属国。①

但是亦有学者认为,今邢台市是西周邢国,商代井方在今宝鸡市陈仓区东北。

张筱衡举出《遹方鼎》铭曰:"乙亥,王在涑……隹(唯)王正(征)井方……井,本商代旧邑,周初灭之,以封其大夫为畿内诸侯。其地在宝鸡县东北周原之东区,汧、渭之北,凤翔之南。"②

笔者认为,张筱衡所说的《遹方鼎》记载的"井方",即在"汧、渭之北,凤翔之南"的"商代旧邑"之井方,当是被西周王朝灭掉后迁徙到西方的井方,像秦国一样,但是井方迁到西部后,又叛乱,为西周所灭。

商代井方,不可能在"宝鸡县东北周原之奠区,汧、渭之北,凤翔之南"。这一片土地是西周的辖地,"商代旧邑"不会在这

---

① 杨文山:《商代的"井方"与"祖乙迁于邢"考》,《河北学刊》1985年第5期。

② 张筱衡:《"井伯盉"考释》,《人文杂志》1957年第1期。

里。殷商时期的井方当在今河北邢台市境。西周王朝所封邢国当也在今河北邢台市境。当西周王朝,特别是周公东征之后,井方被迫前往西部,为周王朝所监管,而把姬姓弟子封在井方故地,称为"邢国"。因此,也是井方、邢方、邢国及西周邢国记载今河北省邢台市境。

综上,郭豫才所提出的"邢氏为东方古国审矣"的结论是正确的。

(二) 西域"穿井"及"地下行水"的研究

我国新疆地区曾有凿深井多处,再从深井下方相连,从而使"地下行水"。当时有一个法国汉学家保罗·伯希和曾认为,这种地下水道与波斯相似,疑此法自波斯传来。

郭豫才认为,新疆就是我国古代的西域地区,西域地区的凿深井,使深井下方相连,从而使"地下行水"之法,包括洗浴的穿井之术,皆是由中原传入,可能从西域有传入波斯。他用大量的古籍文献记载对此问题提出自己的意见和学术观点。

郭豫才提出,勤劳善良的中国人民自古就发明了穿井技术,以解决自己的生活用水问题。唐徐坚《初学记》卷七《地部下》《井》第六引《世本》云:"伯益作井。亦云:黄帝见百物,始穿井。"《吕氏春秋·审分览·勿躬》:"伯益作井。"《淮南子·本经训》云:"伯益作井,而龙登玄云,神栖昆仑。"汉高诱注:"伯益佐舜,初作井。凿地而求水,龙知将决川,漉陂池,恐见害,故登云而去;栖其神于昆仑之山。"

西周时期,我国已经是无处无井了。秦汉之后,井水已经成为人们生活用水的重要来源了。而此时西域诸国,如匈奴、大宛等国尚未有穿井之术。《史记·大宛列传》云:"宛王城中无井,皆汲城外流水,于是乃遣水工徙其城下水空,以空其城。"《集解》云:"盖以水荡败其城也。言'空'者,令城中渴乏。"《史记·大宛列传》又云:"闻宛城中新得秦人,知穿井,而其内食尚多。"

汉武帝时期,由于西北地区穿渠,使得河岸崩塌,于是凿深井数眼,使井与井在地下相通以行水。《史记·河渠书》记载:汉中守汤子卬"发卒万余人穿渠,自征引洛水至商颜下。岸善崩,乃凿井,深者四十余丈,往往为井。井下相通行水,水颓以绝商颜,东至山岭十余里间,井渠之生自此始。穿渠得龙骨,故名曰龙首渠"。水颓,水向下流曰水颓。

元刘郁《西使记》云:"牛皆驼峰黑色。地无水,土人隔山岭凿井,相沿数十里,下通流以溉田。"郭豫才引《沙洲图经》云:"大井泽在州北十五里。"又引《汉书》辛武贤事云:"遣使者案行,悉穿大井。"此时,自敦煌城北,直抵龙堆,皆有井矣。王国维《西域井渠考》亦云:"今新疆南北路,通凿井取水。吐鲁番有所谓'卡儿水'者,乃穿井若干,于地下相通以行水。"[1]

《吕氏春秋》云:"水之美者,三危之露,崑崙之井。"《山海经·海内西经》云:"昆仑之墟,方八百里,高万仞,上有木禾,长五寻,大五围,面有九井,以玉为槛。"《吕氏春秋》《山海经》皆是先秦战国成书的古文献,说明战国时期就已经在昆仑山之处凿井使用了。

---

[1] 郭豫才:《殷周民族与井水文化》,《河南博物馆馆刊》1937年第9期。

郭豫才指出，法国汉学家保罗·伯希和的说法是不正确。以上所举文献记载都说明，西域大宛、匈奴本无井，穿井之术是秦人、汉人所教，是从中原传入的。而且这种穿井若干，使井与井地下相通以行水的方式也是由汉朝传入西域的。

郭豫才提出刘郁《西使记》"所言与汉井渠之法无异。盖东来贾胡，以此土之法，传之彼国者，非由彼土传来也"①。人们凿井不仅为了吃水，也为了灌溉。井在人们的生活中愈来愈重要了。殷周时期把平原有水渠、可以灌溉的田地称为"井田"。周代井田亦称为籍田，是国家政府分配田地的一种形式。《孟子·滕文公上》："方里而井，井九百亩，其中为公田，八家皆私百亩，同养公田。"又云："乡田同井，出入相友，守望相助，疾病相扶持，则百姓亲睦。"孟子所说，当是先秦时期的古井田制，即由田间灌溉沟渠所划成的井字块的田地，称为井田。

郭豫才认为，孟子所说的古井田制，就是同井之人相互亲爱，相互扶持，那么同井之人就是一个居民单位。既然有人居处，就会有法度。《越绝书·记地传》云："祠白马禹井。井者，法也。"文中"禹井"，当是一个居民单位，而在"禹井"中，则是有法度的，即"井者，法也"。《说文》云："刑，刀守井也。"另外，我国的方块象形字大有深意，如"型"，当也是在方块田上之法度。

最后，郭豫才认为："中国社会之维系繁荣以至数千年者，井之力为功也。"②

---

① 郭豫才：《殷周民族与井水文化》，《河南博物馆馆刊》1937年第9期。
② 同上。

第六章　抗战时期保护国家文物的功臣

二战时期,日本是法西斯的重要成员,对亚洲各国,特别是中国进行野蛮侵略,凶恶地践踏中国大地。当时,不愿做亡国奴的中国人,为了保留中国文脉,不仅中国的大学、中学等学校开始南迁,而且中国的行政机关、文化科研部门也开始大规模地南迁。

当时,郭豫才是河南博物馆重要的专家之一,为了保护国家文物,他与同事们先把博物馆的藏品精心挑选,有文物珍品5678件、拓片1162张、图书1472套(册),分装68箱,其中含新郑郑公大墓、安阳殷墟、辉县琉璃阁等地出土的铜器34箱,与河南通志馆的通志稿一起,由他与另外几个同事冒着日本的飞机炸弹,护送国家文物南迁重庆。

一、国难当头及大中学校文化机构的迁徙

1931年9月18日,日本人发动九一八事变,占领了东北三省,扶持溥仪建立伪满洲国。但是日本并不满足这些,他们的目的是占领整个中国。作为岛国的日本,极少良田,又无甚资源,向大陆掠夺财富从来是日本上层贵族的渴求。安土·桃山时期,天正十八年(1590年)幕府将军、野心家丰臣秀吉说他要"长

第六章 抗战时期保护国家文物的功臣

驱直入大明国,易吾朝之风俗于400余州,施帝都政化于亿万斯年"。①

1937年7月7日卢沟桥事变,国难当头,"华北已经安不下一张平静的书桌了"。暂处不利形势的中国人为了保护自己的文化、文物、重器,开始了大规模的迁徙。首先是各级政府机关的南迁。其次是大学的南迁。是时,北大、清华、南开南迁云南昆明,组成西南联大;北平师范大学迁到兰州;南京中央大学迁到重庆;武汉大学迁往四川乐山;同济大学迁往四川宜宾;浙江大学迁至贵州遵义、湄潭;国立北洋工学院、私立焦作工学院、北平大学工学院、国立东北大学工学院在汉中组建国立西北工学院。

全国中学同样南迁,学校的教师学生流亡。同时,中国的各种文化机构,也在南迁。如故宫博物院,馆藏文物集历代文物之精华,数百万件;这些文物是国家之重宝。故宫博物院文物分为三路:一路至安顺城南五里华严洞,另外一路至成都四十里外,第三路运抵四川乐山。另外,全国各地的图书馆、博物馆、档案馆等相继南迁。上海商务印书馆、东方图书馆及各公私大学等,均遭到轰炸焚毁,古籍损失难以计数。南京鸡鸣寺中央研究院、中央图书馆筹备处、竺桥地质调查所分别存储整理。

河南大学一迁南阳镇平、信阳鸡公山,二迁嵩县潭头,三迁陕西宝鸡石羊庙、卧龙寺、姬家殿(今宝鸡市陈仓区八鱼乡)等地。河南省的中学也开始南迁。1937年12月,豫北沦陷,省会

---

① 吴廷璆:《日本史》,南开大学出版社,1994,第210页。

开封以及豫东、豫西、豫北、豫中等30多所各类学校相继迁徙到河南省南阳西部地区的镇平县、内乡县、淅川县、西峡县等。战时各省市难民及流离人民总数达9500万人,其中河南难民及流离人民总数居全国之首,人数达1453万多人。

二、《河南通志》的颠沛流离与保存现况

1936年暑期,《河南通志》编修工作已经基本完成。《河南通志》全书为十六编:舆地、职官、民政、财政、实业、教育、河务、交通、军制、交涉、艺文、文言、金石、人物、灾异、大事记,九十九目,七百余万言。卷首有刘峙、商震、刘季洪(曾兼任通志馆馆长)序言。其中,沿革、疆域、人物、文物等各辑陆续付印;就在《河南通志》即将完工之时,发生了卢沟桥事变,日本对我国开始全面进攻。

省城开封不时遭日本飞机的轰炸,河南省政府命令河南通志馆、河南博物馆立即南迁,通志馆奉命最初到武汉,再迁四川。

《河南通志》当时的稿子皆是学者们用毛笔写成,非常珍贵。700多万字的书稿,分门别类装了十几箱,每箱皆用油布包裹,以免受潮及发生字迹模糊的现象。胡石青视河南通志稿如命,他认为这是大家用心血写成的,必须精心整理,严加保管。同时他亲自包装,亲自装箱,亲自押运。志稿和文物装箱后,通志馆负责人胡石青及博物馆负责人王幼侨,于1938年2月开始启运。

河南通志稿运送的目的地路途遥远,经郾城,再到鲁山县。在鲁山县遇到日本飞机的猛烈轰炸,经过这次轰炸,手稿丢失大

半,现仅存凡例和序言、舆地、大事记、经政、矿产、动物、博物、农产、林业、工业、商业、仓储、交通、外事、司法、军事、文化、卫生、民族、礼俗、艺文、金石、人物、杂记等,原来700多万字的手稿和资料,剩下300万字。

河南通志稿经郾城运到武汉。到武汉后,开封很快告急,武汉又处在危险之中。通志馆的同事们很快又护送河南通志稿逆长江而上,1938年10月运抵重庆,然后将其存放在江北盘溪。盘溪地处崇山峻岭之中,只有一条路可通山外,还是比较安全的。

河南通志稿现在大部分保存在省档案局。编纂省志事,因格于时局,胡石青虽未竟其功,但对此千秋事业曾做出最大努力,也是有较大贡献的。

三、保护河南文物南迁

河南省地处中原地区,是天下之中,历代王朝建都之地。司马迁《史记·货殖列传》云:"昔唐人都河东,殷人都河内,周人都河南。夫三河在天下之中,若鼎足,王者所更居也,建国各数百千岁。"三河地区,其中河内、河南、河东的一部分皆在今河南省辖境。

中国近代考古学就是在河南兴起的。1921年,瑞典人安特生在河南发现仰韶文化遗址;1923年,发现郑公大墓,系最早在我国出土100多件精美绝伦、成套成列、完全符合文献所记载之礼制的青铜器之地。

1927年,河南博物馆成立,以安置这批国宝;还有洛阳唐代三彩器物、登封少林、九支如意等文物陆续入藏河南博物馆。

1928年10月,我国开始对河南安阳小屯遗址的发掘,董作宾主持了试掘。1928年12月,中央研究院历史语言研究所成立了考古组,主要负责殷墟的发掘工作。自1928年10月至1937年6月,共发掘十五次,其中发掘大墓十一座、方坑一个、小型墓和祭祀坑一千二百多座,以及大量建筑基址,出土刻字甲骨近两万片和大量陶器、铜器、玉器等。当时,河南博物馆的孙文青等人也参加了殷墟发掘。1929年,殷墟文物进馆之后,当时的河南博物馆即聘请考古学家关百益为编辑委员,研究考订甲骨文字和各种器物刊印成书。

河南博物馆学者参与并主持的河南几次较大的田野发掘,如1935年8月,关百益在汲县山彪镇发掘战国墓;1936年9月至11月,许敬参、郭豫才在辉县琉璃阁进行发掘等。

当时河南博物馆存放的文物主要有:郑公大墓的100多件青铜器、玉器,殷墟一批铜器、玉器和甲骨卜辞,琉璃阁甲乙二墓出土的青铜器、玉器、骨器、石器等,这些都是非常珍贵的国家文物。还有洛阳龙门的石刻、南阳汉画像石等,以及河南所存的金石等。

1937年10月,日军空袭省会开封。10月23日,时任河南省政府主席商震给河南博物馆馆长王幼侨下达密令(教字第935号):

令河南博物馆:

查河南地居后防要冲,省会尤易为敌机空袭目标。暴日恣意破坏我文化机关,津沪各地已早有明证。该馆保存之古物均为稀世珍宝,攸关古代文化,急应未雨绸缪。除经饬由本府教育厅转饬该馆妥速筹划安全保全保管办法呈核外,合亟令仰该馆就外县妥筹安全地点,以为必要时迁移之准备。着即切实遵照,并将遵办情形随时具报为要。

此令。

中华民国二十六年十月二十三日主席商震

王幼侨先生在密令上签了"遵办"字样。

1938年1月,河南博物馆已经挑选了重要文物5678件,拓片1162张,图书1472册(套)。郭豫才与同事们用木板钉成木箱。那木箱是极其大的,在木箱中要铺上稻草、棉被、碎纸等,箱外包裹油布防潮、防水。他们将文物分别装成68箱。

四、河南文物的南迁路线考

河南文物装箱后,河南省调用汽车,准备启程,南运汉口。运送途中,飞机炸弹不停地袭击运送队伍。河南博物馆和河南通志馆开始了辗转三省迁移保护馆藏文物的艰辛历程。

河南博物馆南迁文物走的路线如何,使用什么样的运送工具?目前,根据笔者查阅到的材料有所不同。路线主要有以下三条:

(1) 在国家文物局发布的《回望·故事——河南博物院建院九十周年纪念》中关于河南文物的南迁路线是:开封(当时河南的省城)→郑州→宝鸡→南阳→汉口→宜昌→万县→重庆,并且画有地图进行说明。

(2) 据云南卫视《经典人文地理》介绍:1937年开封博物馆的文物开始南迁,在运往重庆途中遇到了意外,河南开封的文物首先装上火车,经郑州南下武汉,在士兵严密监护下,到达武汉,把文物先存在汉口长江岸边的一栋仓库的二楼,结果把楼板压塌了,经抢救文物无大碍。后因找不到大船,就用小船运送到重庆。

(3) 据《胡石青事迹闻见录》一文记载:1938年2月,先生携眷离汴赴陈留,再迁郾城。……3月由汉口经郾城回汴,任河南抗敌后援会常务委员。旋由汴来郾,豫才偕行,撰如何统一民族阵线。……4月,再至汉,豫才偕往。……6月5日,我放弃开封。9日,国军掘开花园口大堤。7月6日,国民参政会第一次大会于汉口召开。时河南有四人,胡石青、王幼侨、马乘风、杜秀生等,皆有省选。……9月16日,携眷入川,卜居重庆之北碚区。①

由上文可以看出,1938年2月河南文物开始南运,路途是乘汽车,路线是开封→陈留→郾城→武汉,中间由于胡石青和郭豫才还有很多工作,因此需要往返于郾城、开封、汉口之间,9月16日到达重庆。河南文物当然也是在这一时期运抵重庆的。

郭豫才在《回忆胡石青先生》一文中又说:"'七七'事变发生了,日机不时飞至开封骚扰。政府命令河南省通志馆、河南博物馆立即南迁四川。两馆文物和志稿装箱后,由两馆负责人胡先生及王幼侨负责……经郾城运到武汉暂停……同年7月,国

---

① 郭豫才:《胡石青事迹闻见录》,《河南文史资料》1988年第28辑。

民参政会第一次大会在汉口召开……当时河南省通志馆和河南博物馆的文物刚刚运到郾城,还没有作好安排,(胡石青)先生即匆匆前往参加。"①

郭豫才在手稿中写道:"11月,两馆器物文件南运汉口。我只带了一些随身衣物很仓促离开开封。同行者有胡石青、王幼侨、王介林(博物馆职员)等。因对当时局势发展捉摸不定,器物先走,部分人员留在郾城。我当时住在郾城励行中学。这个学校是叶县黄子芳主办的。黄与胡石青、王幼侨皆是朋友,所以能够暂住。1938年6月间,徐州撤守,敌军直接威胁到郾城,平汉交通断电,不得已又迁到黄子芳的家乡叶县暂住,直至10月平汉路恢复通车,这才将眷属与一部分器物带往汉。但是这个时候,自北往南,只到许昌。当时炮声隆隆,狼烟四起,人们扶老携幼在逃亡。国民党的军队撤下来了,不知是哪里的军队,冒着大雨开往前线……"

笔者认为,这里有两个小问题需要澄清:

(1)郭豫才在这里写的是回忆录,应该是更准确些。当然他也可能有记错的地方。如他说:"余以为,河南文物启运的时间当在1937年二三月之间,到达重庆后,河南文物在武汉至1937年八九月时,离汉口启程前往重庆。"也就是说,河南文物在武汉停留约半年。

但是,在他的两篇文章中,时间有冲突。在《胡石青事迹闻见录》一文说是离汴时间是1938年二三月之间,而在《回忆胡石

---

① 郭豫才:《回忆胡石青先生》,《河南文史资料》1986年第19辑。

青先生》一文又说离汴时间是 1938 年 7 月。

笔者认为,河南文物不可能在 1938 年 7 月离汴,因为 1938 年 6 月 6 日,日军攻占了河南省会开封。因此,在《胡石青事迹闻见录》一文说胡石青的家眷离汴时间是 1938 年二三月之间,而河南文物应该是 1938 年二三月至 1938 年 6 月前一段时间内离汴的记载,是正确的。

(2) 河南文物从开始启运,运送工具不是火车,而是汽车。当时全国各地都在向四川迁徙,武汉不可能为各地迁移的人和货物准备那么多汽车。另外,当河南文物到达武汉后,仍然是用汽车走陆路,用小船走水路是不可能的。一是,那么重的文物用小船运载,又是逆流而上,水路行船所用的时间太长;二是,文物货船行驶在宽阔的江面上,容易暴露目标,遭到轰炸。因此,在汉口启运时,不是用小船,而是用从开封带的汽车,从武汉长江岸上的陆路到重庆的。

笔者还有一个材料说明,河南文物是从武汉长江岸上的陆路到重庆的。押送河南文物和河南通志的负责人之一胡石青的夫人袁氏于 1940 年去世,胡石青给夫人写的挽联云:

代我奉亲代我育子代我辑睦族邻痛回头往事风憬雨憧四十二年如幻梦。

相携逃郾相携奔鄂相携蹀躞蜀道顿撒手长辞天荆地棘三千余里怅归魂。①

挽联下联所说的"相携逃郾相携奔鄂相携蹀躞蜀道",说明

---

① 郭豫才:《胡石青事迹闻见录》,《河南文史资料》1988 年第 28 辑。

当时河南文物迁渝之途确实是开封→郾城→武汉→（经蜀道）重庆。这一路当是坐汽车而西南行的。

笔者认为，《回望·故事——河南博物院建院九十周年纪念》所说的河南文物经汉口→宜昌→万县→重庆，这个路线是有道理的。至于这篇报道中所说的开封→郑州→宝鸡→南阳→武汉，这个路线是河南省运送另外某些资料图书而走的路线。因此，当时南迁文物的人马可能走的是两条路线，一条是从长江乘船而行，另一条是从蜀道而行。

河南省文物运送队伍在郾城，当时国民政府在武汉召开第一届国民参政会，会议代表主要有各党派人士100多人出席。这次会议的召开，建立扩大了抗日民族统一战线。当时运送队伍的两个领队王幼侨和胡石青作为河南代表，皆被邀参会。他二人的资格是来自河南省，而不是党派。地方运送队伍在郾城休停，等王幼侨和胡石青开过会，才继续前进。

运送队伍将文物和通志运至武汉，1938年9月，日军攻陷上海、南京，直逼武汉。是时，全国的机关、学校、文物及有关人员都在大迁徙。为了避免河南省这批宝贵的文物在路上遗失，或者到重庆后找不到地方存放。郭豫才与胡石青先行到重庆联系重庆市郊区的中央大学柏溪分校，该校同意存放河南省文物。然后，又回到武汉，与同事们一起冒着战火，从武汉经崎岖难行、被称为"难于上青天"的蜀道，到达重庆。

五、河南文物的最后归宿

1938年6月6日省会开封沦陷，河南博物馆的主要馆藏文物68箱已经移运重庆,还有一些不太重要的文物没有来得及运走,工作处于停滞状态。1940年,河南博物馆更名为"河南省立博物馆",下设事务部、保馆部、研究部等。抗战结束后,国民党河南省政府派谢孟刚为接收委员,接收了河南博物馆,但终因解放战争的爆发,国民党政府忙于内战,经济严重匮乏,河南博物馆举步维艰。

1949年11月,重庆解放。国民党在退出重庆前,准备将重庆的68箱河南文物运往台湾,第一批38箱已运往台北。今这批文物存放于台湾历史博物馆。据说,当河南文物到达台北时,是河南学者姚崇武、董作宾等人前去接收;之后建立台湾历史博物馆。台湾历史博物馆的先生们至今还说,如果没有河南文物,就没有他们这个馆。现在台湾历史博物馆文物的归属还属于河南同乡会,就是郭豫才等人创办的河南同乡会。

第二批30箱河南文物已经运到机场,被解放军截获,1950年运回开封。当时到车站接收文物的人员有河南博物馆、故宫博物院、中国国家博物馆等。抗战时期南迁重庆的河南文物终于回到了阔别13年的开封——河南博物馆。新中国成立后,1949年11月,河南省教育厅厅长曲乃生兼任河南博物馆馆长,开始组织人员修缮房舍、展室设施,整理文物,开展业务活动(这是后话)。现在,这批河南文物主要存放在河南博物院,其中莲鹤方壶是河南博物院的镇馆之宝,另外一只莲鹤方壶和琉璃阁的部分文物存放在故宫博物院,琉璃阁出土的另一部分文物存放在中国国家博物馆。

第七章　郭豫才与黄河水灾

1937年11月,国民政府决定迁都重庆。在迁徙过程中,国民政府机构先移往武汉,之后再到重庆(直到1946年5月5日,国民政府才由重庆迁回南京)。因此,郭豫才与同事们护送河南文物先到武汉,当他们到达武汉之时,开封沦陷。为了保武汉,国民政府挖开了黄河大堤,致使河南遭到了空前的水灾。郭豫才与河南同乡组建河南同乡会,呼吁政府为河南拨款赈济,向社会募捐,并制订详细的拨款计划。到重庆后,河南同乡会继续为河南灾民呼吁,集会演讲。

一、花园口黄河决堤引起的惨烈水灾

1938年5月,中日两国在徐州会战,中国败却。因为郑州北边的黄河大桥已经炸毁,日本人不能向南进攻。日军占领徐州后,就沿陇海铁路向西推进,并很快攻下商丘,继而在6月6日攻下河南省会开封。虽然,国民政府早就已经决定迁都重庆,但是国民政府尚在武汉办公。日本人如果攻下郑州,那么就会利用平汉铁路向南进攻武汉。国民政府难以抵抗攻击,为阻止日军西侵,南犯武汉,确保平汉铁路不被日本人利用,蒋介石接受陈果夫等人的建议,决定挖开花园口处的黄河大堤,"以水代兵",让滚滚奔腾的黄河水阻挡日军西犯。国民政府命令程潜去执行这个任务。

花园口在河南省郑县北部,是黄河弯曲部分,从这里放水,可以使黄河水直接流入贾鲁河,改变黄河水向东流向,使水东南行,经尉氏、扶沟、西华、周家口(今河南省周口市川汇区)各县境而注入淮河。程潜所率部队在6月9日20时,从花园口处掘开黄河,河口处被大堤水冲开达40米。次日降一整天的暴雨,河水流量迅猛增大。午后一时许,黄河居高临下,水势突然猛涨,"水深丈余,浪高三尺",犹如万马奔腾,一泻千里。

花园口决堤时,担任决堤任务的国军新编第八师专门抽出一个团的兵力在附近警戒,并谎称日军将至,把决堤现场周围10里以内的百姓隔离起来,疏散出去。[1]

国民党中央通讯社从郑州发出专电:敌军于9日猛攻中牟附近的我军阵地,因我军左翼依据黄河坚强抵抗,敌遂不断以飞机大炮猛烈轰炸,将该处黄河堤垣轰毁一段,致成决口。水势泛滥,甚形严重。12日又发出专电:敌机三十余架,十二日晨飞黄河南岸赵口一带大肆轰炸,共投弹数十枚,炸毁村庄数座,死伤难民无数。更在黄河决口处扩大轰炸,致水猛涨,无法挽救。13日又报道:敌机猛烈轰炸我黄河沿岸工事,致将赵口、花园口方面河堤炸毁决口,泛滥成灾。行政院于昨日召集有关系机关,商讨救济办法。[2]

同时,中国的《申报》《大公报》《新华日报》等纷纷谴责日军

---

[1] 渠长根:《谁最早公布了1938年花园口决堤的消息》,《民国档案》1986年第2期。

[2] 沈家五:《1938年黄河花园口决堤经过》,《民国档案》1986年第2期。

炸毁黄河大堤,致黄河决口泛滥的严重暴行。

但是,滚滚黄河水夺贾鲁河道,经尉氏、扶沟、淮阳、西华、商水、项城、沈丘等地至安徽进入淮河,涌入运河。河南、安徽、江苏被淹5.4万平方公里,河南省受灾面积最大、最严重。根据1938年《河南赈济会黄灾报告》的材料,被灾15县:郑县、中牟、尉氏、开封、通许、扶沟、鄢陵、西华、鹿邑、太康、淮阳、陈留、沈丘、杞县、广武等一片汪洋,尽成泽国,被灾面积27151方里,被灾人口122.73万,财产损失6357.1万元。

同时,又造成了黄河改道,自清朝以来从山东入海的黄河,又一次夺淮河水道,进入运河,从盐城入海。

二、成立河南同乡会

河南省遭到史无前例的人为水灾,其面积之大、受灾人口之多、损失之惨重皆是人类历史上罕见的。

而黄河决堤时期,郭豫才等人运送河南文物尚在武汉,他与河南同乡组建河南同乡会,为河南灾区组织集会、演讲、募捐等活动。河南同乡会是以在国内影响较大的胡石青、王幼侨为代表,进行呼吁。当然,真正跑腿办事的是郭豫才这样的年轻人。

当时,河南同乡会推选胡石青、王幼侨为代表,电呈国民政府特施救济。电文云:

窃黄河决口,迄今数月,灾情之重,空前未有……秋节已至,天气将逐渐转寒,缺衣乏食之人民,流离道左,迫切待救,如非中央迅予拨发巨款,前途惨象及危险,实不可思议。且黄水泛滥,有特殊性,与普通水灾迥异。黄河内混含沙质最多,中流所经,尽成沙砾,五十年内不生青草(如陇海铁路所经之白沙镇,乃光绪三年决口被淹之地,至今一望白沙,寸草不生),百年之内,不生稼禾(如豫东兰封北部,乃咸丰五年决口被淹之地,迄今尚不能耕耘)。统计此次黄河泛滥区域,有二万余方里,中流所过,以面积三分之一计,亦有七八千方里。凡在此区域之人民,百年无生产之根据,更非短期急赈所可救济。是以移民垦殖,乃当前唯一急务……吁恳饬令中央赈务会,照迫切待救人数,按月迅拨巨款救济。一面仍饬中央赈务会会同河南省政府,对于移民垦荒,详拟计划,指定荒区,筹拨巨款,从速进行,庶可寓生产于救济之中,以符抗战建国之主旨。①

据郭豫才说,当时他们对河南灾区提出非常具体的措施,分治标与治本两种措施。治标,就是急赈、收容、疏散临近灾区的各县居民。治本,就是移民开垦荒区。考虑移民地点问题,河南方面多主张两处,即拟垦地点有二:一处在今陕西黄龙山,据说黄龙山有荒原6万余方里,易于耕种;附近还有河流可资灌溉。最近又有提出可移民至云南者。但是外省还需政府调和。另一处在今河南邓州有荒田30余万亩,至少可移民60万人。关于邓州的移民问题,当时河南同乡会考虑的情况大略是:

(1)此次河南灾民大约有120万人,在黄水大流(即大溜)中约占20%至30%,即24万至36万人失去耕田之根本,必须移居他乡,另谋生活。这些人中,依靠自己的力量至多不过半数,当有12万至18万人之多须政府资助。

---

① 郭豫才:《胡石青事迹闻见录》,《河南文史资料》1988年第28辑。

(2)移民垦荒事务即经费,措施有二:

①移民及移民费,有中央赈务会设立的输送配置总站及河南赈务会合作办理,办法有两机关会商。

②垦荒及垦荒费,由中央及河南赈务会拟款外,向世界慈善组织劝募,共策进行。垦荒费应完全用于垦民之神,普通开支另筹。

(3)移垦拟以1000人或200户为一单位,择地预备庄基,以便垦户分垦耕种周围荒地。

(4)垦区荒废日久,地界全泯,地权不清。政府指定地界,原地主不得干涉,将来垦熟之地,或有地主与垦户均分,或有地主赔出相应垦费赎回。方法另定。

(5)每一个单位划出村落基础土地,另外划留学校及公共机关之用地,以及划出街道等。

(6)每一单位需要垦费,统计如下:

①居住费,需窝铺200个,每个以6元计算,共1200元。至来年麦收后,垦户可自力修建草房。

②饮食费,以每人每月2.5元计算,食盐每人每月0.1元计,9个月(本年10月至明年6月),每人需23.4元,1000人共需23400元。

③籽种费,以每户耕田10亩计,每亩麦子7斤,需0.5元,即每户需5元。每庄千人200户,共需1000元。

④耕具费,简单铁锸等件,以每户15元计算,共需3000元。

⑤厨房用具补助,每户600元。

⑥医药费:共计500元。

⑦准备费:2400元

(7)世界慈善家捐助款项,足副一单位,或数单位(即一个村庄,或数个村庄)之用者,即于各该村建立牌坊,或雕铸肖像,以资纪念。

河南同乡会的提案是具体的,并且在按照这个提案计划进行努力。而实际上,国民政府非常清楚,掘开花园口黄河大堤是为了当时的抗战,为了阻止日军的南下,为了保护国民政府,在当时对国家的抗战是有益的。但这是"功在国家,害在民间"的事件,给人民,特别是河南人民带来极大的伤害。

当国民政府迁到重庆之后,在社会各界人士的敦促呼吁下,才开始对河南人民给予赈济,并且也确实施行了移民垦荒的措施。这是每一个热爱国家、热爱家乡的人都应该做的,也是一个最起码的行为。当然上书敦促的人士还很多,而河南主要是郭豫才以及他的同事们为河南灾区奔走呼号,集会募捐,为河南人民奉献出他们的赤子之心。

郭豫才对这些事情回忆道:此次黄河泛滥,虽与苏皖同时受灾,而豫省犹重。中枢敕令各有关部院及地方政府,会同办理。除拨款急赈外,豫东曾修筑黄泛大堤,并移殖灾民于邓县从事垦荒。除建议选择河南之伊、洛、汝、白流域兴修堤坝,实行工赈与军事有关……这些与(胡先生及河南同乡会)呼吁之力,有重大关系。①

---

① 郭豫才:《胡石青事迹闻见录》,《河南文史资料》1988年第28辑。

三、在重庆为河南灾区呼吁与赈灾

1938年9月,郭豫才与河南同乡会等人电文国民政府,要求救济河南灾区;1938年9月会议上,河南同乡会提出了《为黄灾惨重赈济未周拟请拨巨款彻底救济案》;1938年10月第2次会议,河南同乡会提出《为建议政府请速拨巨款以赈济黄灾难民案》。他们连续不断地呼吁、集会,要求对河南灾区实行赈济。在河南爱国人士的呼吁下,国民政府不得不重视社会各界的意见。

1939年3月3日,河南省旅渝同乡会致电蒋介石、孔祥熙、翁文灏。电文曰:"查此事关系数省民命生计,应予妥筹保全救济之道,以免敌伪煽诱,而资维系人心。其必需经费,中央财政无论如何困难,均应通盘妥筹,切实补助,决不仅令自筹或以少数点缀。"

电文还提出4项具体解决的办法(第4项从略):

(1)加固去年所毁坏的大堤,加高加厚,不至于因此处薄弱而再行冲毁大堤。

(2)各村庄附近加筑围垛、围墙,在大水来时,任何粮食有所保障。

(3)设法排除下游的积水。

1939年夏,更令人意想不到的是,黄河决堤之患难尚未解除,河南省的沁河又决口,加以黄河泛滥,这次受灾面积更大,造成空前浩劫。计受黄河水灾者有开封、陈留、杞县、郑县、中牟、尉氏、扶沟、淮阳、西华、鹿邑、沈丘、鄢陵、太康、广武、睢县、通许、柘城17县;受沁河水灾者计有沁阳、修武、内黄、获嘉、温县、汲县、武陟、辉县、博爱、新乡、浚县等12县;受战区水灾者有林县、孟县、滑县、武安、安阳、涉县、淇县、汤阴、临漳、延津、济源、原武、阳武、宁陵、商丘、民权、兰封、考城、封丘19县;普通水灾有临颍等42县,旱灾者有固始、信阳、经扶、潢川、光山、罗山、商城7县。灾民有200多万人。

1939年9月10日,在第四届国民参政会上,胡石青等人代表河南旅渝同乡会提出:

河南人民在抗战之前,为履行抗战之天责,弃田产房庐于不顾甘愿献出生命;被灾之后,其爱国壮士应征入伍,置父母妻子于不顾勇往直前。河南为抗战所出之兵,于全国为最多;为抗战所罹之灾为最惨。请拟具切实办法,予以救济。①

1939年10月25日,河南同乡会又致中央赈务会函云:

今年河南水灾严重,吁恳早拨巨款赈灾。仰蒙行政院发赈款300万元,专放华北急赈,感激莫名。……以河南一省言之,去年夏秋之间大雨,豫北二十五县,无县无灾。沁水河堤三次决口,给豫北十六个县造成空前浩劫。

豫东南,本为去岁黄河决口处最大最惨重的灾区,今岁水势稍杀……而夏秋之交,淫雨连绵,水势日涨;七八月之时,上游高地之狂雨,水势暴涨,山洪突下,而豫东南各县,除去岁所修筑的郑县偏南之西岸有堤一段外,其余皆无堤防,四面漫溢,撒种抢种者皆被湮没,秋收无望,灾上加灾。灾民又一次痛罹浩劫。被

---

① 郭豫才:《胡石青先生闻见录》,《河南文史资料》1988年第28辑。

第七章 郭豫才与黄河水灾

灾所及之区,计有10余县,郑县、太康、杞县、尉氏、扶沟、通许、项城、商水、西华等受灾最重。

豫西一带,山势险峻,夏秋以来,连降暴雨,转为山洪,房屋冲塌,秋禾无收;洛阳、伊阳、卢氏、巩县、偃师,最为严重。

河南水灾奇重者29县,冲毁田禾千万亩,灾民数百万嗷嗷待哺。伏乞早拨巨款,散发急赈,不胜感激待命之至。①

郭豫才说:中央赈务会拨华北水灾急赈款300万元,河南分有89万余元。共推王幼侨为放赈专员回豫。② 他与同事们押送河南文物南迁,而中途遇到黄河花园口大堤人为的决堤事件,与河南省赴渝人士,为灾难中挣扎的河南人民奔走呼吁,集会募捐,上书或电文呈报国民政府,争取赈济,起到一定的效果和作用,也尽到了自己的责任和义务。

---

① 郭豫才:《胡石青事迹闻见录》,《河南文史资料》1988年第28辑。
② 同上。

第八章　卜居北碚与入职"管理中英庚款董事会"

1938年,郭豫才护送文物到重庆之后,住在北碚整理存放这批珍贵的文物。1940年,河南博物馆停发职工的薪水。他在一个同学的介绍下,申请"管理中英庚款董事会"科学人员的协助工作。这份工作,郭豫才须向有关部门提交他的研究成果。他提交的是关于辉县琉璃阁发掘报告中的论文,由中央研究院历史语言研究所梁思永和董作宾审查。审查意见是:该篇论文有新的发现,准予协助。就这样,郭豫才入职了"管理中英庚款董事会",并整整工作5年,直至抗战胜利。

一、卜居北碚与河南文物的保管

郭豫才在《胡石青事迹闻见录》中写道:(1938年)9月16日,携眷入川,卜居重庆附近之北碚区。[①] 这个记载说明他与胡石青等人是在1938年9月16日进入四川的,经过选择,认为北碚距离当时的临时陪都重庆之北大约八九十里路程,不算远,而且重庆位于山区,北碚当是闹市中取静、危险中取平安之地。当时,大约是胡石青等人对此居处进行考量,决定住在北碚。是时因郭豫才独自一人,又深得胡石青的器重,因此他就住在胡石青

---

① 郭豫才:《胡石青事迹闻见录》,《河南文史资料》1988年第28辑。

第八章 卜居北碚与入职"管理中英庚款董事会"

的家里。

当时,郭豫才与在北碚的河南大学原校长许心武、河南著名学者王幼侨等人,皆住在一个院落中。也就是在这里,他开始与胡石青合作撰写《中国古代民族史》。

经过一年多的努力,河南文物、河南通志稿总算在重庆郊区的中央大学柏溪分校落脚。中央大学柏溪分校旧址就建立在依山傍水的九曲河两岸。中央大学的罗家伦校长在此考察时,看到一条小溪(即九曲河),附近柏树森森,便为该地取名"柏溪"。现在这里是一个湿地公园。

中央大学是抗战时期从南京迁移而来的,也是刚到重庆不久,学校的校舍也不完备。何况四川相对北方就是一个潮湿的地方。河南文物存放在这里,那些书籍、志稿、青铜器的保存、保护是一个非常重要的问题。

文物库房保管是有严格要求的,保管青铜器的库房必须保持干燥,没有尘埃和空气污染,温度在18℃—20℃,相对湿度最好能在40%—50%以下。器物入库前必须清除一切沾染污物,最好是经过化学保护过的。不能用浓厚油脂、油类涂在青铜器上,接触青铜器时必须带纯棉手套,绝对不能用有汗的手接触,也不能用油污的纸或盒来包装。清除青铜器上的灰尘要用柔毛布、软毛刷、软毛掸子等。青铜器如用水洗必须用蒸馏水,不能用氢氧化铵、酸类及白粉、纱布等。清洗干净的青铜器可涂一层化学保护剂或加热后涂一层石蜡。铜不能与锌放在一起等。

书籍和志稿的保护也有非常严格的要求。对书籍避光保存,要防潮、防霉菌、防虫卵等,防止书纸受潮老化变脆。书籍的纸浆中含硫酸铝。当纸开始受潮时,硫酸铝就形成酸性物质,把纸侵蚀掉。防止书籍老化变脆,最常用的方法是把书放在碳酸氢镁或碳酸氢钙溶液中浸润,然后晾干。这样做,主要是可以除去纸中的酸。

另外,就是防虫。藏书的房间要清洁干燥,通风良好;书架、墙壁或地板上都不要有裂缝;温度在 6℃—20℃,湿度在 50%—60% 之间。书架或书柜上,可以放些包好的卫生球。除污,除油迹、除霉斑、除手指印、除苍蝇便迹等。另外,对于书籍还要防止鼠、虫、白蚁的啮咬。

郭豫才到达重庆后,就开始按照文物、书籍保存的要求,进行工作,忙于对河南文物、书籍、图册、志稿的保护和处理,使之符合上述保护文物、书籍等的要求,从 1938 年 10 月至 1940 年 4 月,整整忙碌了一年半时间。

应该说,郭豫才等人对文物、志稿、书籍、图册所进行的保护措施还是很好的,现在我们所见到的文物、志稿、书籍、图册,就证明了他们当年的努力和劳动。

二、入职"管理中英庚款董事会"

1940 年 8 月,郭豫才入职"管理中英庚款董事会"。"管理中英庚款董事会"最初在南京成立,位于南京山西路 124 号,是一座宫殿式建筑,如今是南京鼓楼区政府所在地。抗战时期"管理中英庚款董事会"随国民政府迁到重庆。在这里,郭先生工作到 1945 年 7 月抗战胜利,整整 5 年,直至"管理中英庚款董事会"迁回南京。

第八章 卜居北碚与入职"管理中英庚款董事会"

清朝光绪二十六年(1900年)5月28日,俄、德、英、法、日、美、意、奥八国,称八国联军,对华宣战。八国联军攻陷了北京城,1901年9月7日强迫清政府签订了丧权辱国的《辛丑条约》。《辛丑条约》规定赔偿各国关平银四亿五千万两,年息4厘,本息共计约9.82亿两,分39年还清。由于战争起于1900年(农历庚子年),故这笔赔款称为"庚子赔款"。

"庚子赔款"是按照各国投入战争的兵力、人数、损失进行折算的。俄国得赔偿占总数28.97%、德国20.02%、法国15.75%、英国11.25%、日本7.73%、美国7.32%、意大利5.91%、比利时1.89%,其余都不足1%。

1914年第一次世界大战爆发,1918年结束。德、奥失败,战后条约撤销了德、奥战前的一切特权。至此,对德、奥的赔款终止。之后,有些国家将中国的"庚子赔款"拿出作为中国学生公费留学的基金,或者中国知识分子研究的经费,美国还拿出一些在中国建立学校。最后,中国实际支付各国赔款5.76亿两白银,约占本息和的58%。

1926年初,英国通过退还中国庚子赔款议案。1931年4月8日,中英庚款董事会在南京成立。所退"庚子赔款"设为基金,用于修建铁路及生产事业,兴办教育文化事业,所需的基础设备需由购料委员会从英国购买。

郭豫才在"管理中英庚款董事会"最初每月薪水是140元,之后随着物价的高涨逐渐提高到200元左右,并且可以在中国地理研究所领平价米,维持生活。

郭豫才的老师胡石青曾经拿到一个"庚子赔款"的项目《中

国古代民族史》。自从迁到重庆，郭豫才就住在胡石青的家里，因此这个项目也是郭豫才与胡石青共同撰写的。

《中国古代民族史》是"管理中英庚款董事会"的项目，因此他们每月每季每年都要拿出研究报告，向"管理中英庚款董事会"送会审查。这样的工作具体到每月按计划交稿，一直做到1945年2月庚款无法维持为止，前后有5年之久。手编初稿，将近60万字。

郭豫才在手稿中写道："在这5年之内，是我对中国历史，真正用功的时候。整日埋头书案，不知社会是秦？是汉？只有敌机来炸的时候，才暂时停止工作。当时的计划是让我写出初稿，在这样的基础上，再进一步提炼；由他（指胡石青先生）再编写出比较精简的著作。"

1942年之后，抗日战争进入了非常困难的时期，物价波动，郭先生在"管理中英庚款董事会"的工作已经不能维持生活。几经商谈，最后"管理中英庚款董事会"答复说，庚款本年不能增加；但是又介绍三民主义丛书委员会接洽，作为该丛书的特约编辑每月100元。这份工作仅维持半年，就停止了。之后又改在中国地理研究所，编制地图，领平价米等，该所也是"管理中英庚款董事会"所辖的单位。

1945年7月接到"管理中英庚款董事会"的通知，正式停止协助。这件事对郭先生有很大的威胁，因为他又失业了。

三、《中国古代民族史》写作之背景

《中国古代民族史》是在20世纪二三十年代"中国人种西

来说""中国文化西来说"甚嚣尘上之时开始计划撰写的。该项目坚决反对中国人种和中国文化西来说的论调。这是在胡石青对外所做的文化讲座中经常提到的观点,郭豫才所发表的文章,如《仰韶器物小记》《广武残瑗记》中皆有论述。

事实上,胡石青在得到这个项目之前,已经开始进行研究,并且他所写的文章以及在各高校和研究机构所做的演讲都是以"中华民族形成"之类的题目进行的。

郭豫才和胡石青认为,中华民族具有五千年的文明,世世代代生活在这片土地上,周围日本、韩国、越南、缅甸、泰国的文化或者是由中国传入,或者在中国文化的影响下发展起来。他们不能接受这种观点,于是开始查古文献,研究历史。胡石青是读私塾而成的学者,对历史很是精通;郭豫才则自小学、中学、大学,皆是高才生,特别是大学时代主攻古文献、古文字、方言等,对历史有非常深厚的研究基础。他们研究的结果,认为中华民族是本国成长繁衍的,是中国境内的蛮、夷、匈、氐羌、狄塞融合而成的伟大民族。于是他们开始撰写《中国古代民族史》,驳斥"中国人种西来说"的论调。

郭豫才在手稿中写道:"当时研究民族史的动机,认为中国没有一本像样的民族史,这一门学问尚有发展的余地。方法仍然是以从考证学入手,特别注重历代民族的分类和发展,主要从学术上进行研究,认为中华民族是有很多民族融合而成的。"

"中国人种西来说"是法裔英国人拉克伯里首先提出来的。1894年英国人拉克伯里出版《中国上古文明的西方起源》一书,提出"中国人种西来说"的观点。他认为,黄帝一支出自巴比伦,汉人祖先是巴比伦人;当然也认为中国文明来自两河流域。①

拉克伯里还撰写《中国人到来以前的中国语言》,论述汉人以前中国土著民族语言。他用分类和语音比较的方法,研究早期汉人、两河流域的巴克族、中国原住民(苗族)、印度支那(Indo-China)民族语言之间的内在联系,认为印度支那多数人都有中国原住民血统。

更重要的是有些中国人也随之附和,如1904年3月17日,刘师培先生发表在《江苏》上一文《中国对外思想之变迁》说:

> 汉族初兴,肇基西土。西人称为巴枯民族,即"盘古"一音之转……西人谓华夏之称,起于花国,益盖花国即"大夏"一音之转。"诸夏"之名,当由"大夏"转出,更由"诸夏"转为"诸华"。披荆斩棘,开创中原。由黄河之滨,浸及扬子江流域,战胜苗民,奄有中土。②

1914年,章太炎出版的《检论》亦曰:

> 加尔特亚者,盖古所谓葛天,地直小亚细亚南。其族尝至中国。自神农、黄帝以来,非其胄也。黄帝之起,宜在印度、大夏、西域三十六国间。北抵雍、凉,则附羌;南抵滇、黑水,则附髳……然则舜、禹皆兴蜀汉,与颛顼同地,即上世封略,起于西方,审矣。虽神农亦产楼兰、西羌间。中夏之族,西域、羌、髳所

---

① 孙江:《拉克伯里"中国文明西来说"在东亚的传布与文本之比较》,《历史研究》2010年第1期。
② 见傅翀《刘师培与章太炎"中国人种西来说"再探》,硕士学位论文,复旦大学,2011,第11页。

合也。①

1921年之后,"中国人种西来说"又演变为"中国文化西来说"。

1921年,瑞典考古学家安特生在今河南偃师仰韶村发现一个古遗址。在这个遗址中发现大量的彩陶,因此将仰韶文化称为彩陶文化。安特生认为,仰韶文化的彩陶,与西亚美索不达米亚平原的有一种联系,认为河南彩陶是西亚传入的。1923—1924年,安特生又到中国甘肃进行考古调查,又发现许多彩陶,安特生说:竟发现其中完整陶甕多件,类皆精美绝伦,可为欧亚新石器末叶陶器之冠。② 安特生又说:中国人民乃迁自土耳其斯坦(即新疆),此即中国文化之发源地,但受西方民族之影响。中国民族当即仰韶文化期,自新疆迁入黄河河谷。因在于石铜时代过渡期之文化,但此过渡期之文化则富有西方文化之特性。③

安特生是最早提出"中国文化西来说"的学者,也是最早在中国进行考古学调查的瑞典学者,他的观点有一定的影响。当时有很多人跟风而上,不仅认为中国文化西来,而且中华民族也是从西迁徙而来的;甚至有些中国学者也撰写文章,或明或暗同意这一观点。

---

① 见傅翀《刘师培与章太炎"中国人种西来说"再探》,硕士学位论文,复旦大学,2011,第19页。
② 见安特生著、乐森珝译:《甘肃考古记》之"导言",1925年农商部地质调查所印行。
③ 同①,第36页。

1939年8月19日,胡石青写信给江西江天蔚云:旷览现代作者,于中华民族构成演进之轨道,似多昧于实际,稗贩东西,致使我东北、西北、西南各部族,原始本为构成诸夏大支宗子,今转自疑为别族异派。丧其本有,为神秘之西来之汉族劫制宰割。而所谓明达君子,亦盲从谬说,自竟族伐,以为之张目,分裂我大中华民族,而使之支离破碎,永不能谋精神之统一者,莫此为甚。往日军阀割据,今日暴敌侵占,所谓疾风暴雨,不能崇朝终日也。惟此国民精神之根本离异,实种祸胎之无穷;故发愿作《华裔通考》,亦即世俗所谓《中国民族史》者。考之史编,征之现实,知吾族皇古以来生育斯土,其世代未可推纪。其后,东南西北四大文化区,夷、蛮、羌(氐)、狄(塞)、匈,五大血统,接触中原,产生高级进步文化,诸夏之称,实始于此。其时犹各为血统也。周同姓不婚,血缘日趋混合。秦并各国,夷贵族为平民。故诸夏渐为华夏,渐为汉族。今日汉族为东亚文化之结晶,血统之连锁,用能连各族为一家,史册具在,地下之发掘日多,众证确凿,乌有汉族所谓西来说者!①

事实上,有些外国学者也不同意安特生的观点,认为仅从彩陶文化来看,似乎不能说明中国文化是外来的,更不能说明中华民族是西来的;文化的内涵是丰富的,还有墓葬、生产工具、习惯等要研究。

安特生认为,甘肃与河南仰韶之遗址,各有若干相类之器物,且以彩色陶器为根据,而称甘肃与河南之遗址,年代与文化

---

① 郭豫才:《胡石青事迹闻见录》,《河南文史资料》1988年第28辑。

则大致相同。但如安博士所云,甘肃与河南之文化,前者之彩色陶器发展较为完备,其上则花纹丰富,与来自西方者,颇有完全相似之处。……真正中华民族即以甘肃长方形石镰之存在,家豕之饲养及葬埋之习惯等事,此种文化之迁移,始有河南之至甘肃,与他之述实相反也。"①

在这种情况下,胡石青和郭豫才开始着手研究中国古代民族的发祥、构成、融合等问题。这就是促成撰写《中国古代民族史》的动力。

四、庚款资助与《中国古代民族史》的写作

郭豫才到达重庆后,除安顿河南通志、博物两馆事宜外,先在中央大学进行保护、保管河南文物及河南图书、志稿的工作。一年半之后,在胡石青等人的介绍下,1940年8月到"管理中英庚款董事会"工作,直至1945年7月,整整工作5个年头,迎来了1945年8月抗日战争的胜利。当时胡石青积极地为中原煤矿公司筹措办公地址,聘请职工,使其尽快开展了业务。虽然两矿合作事宜由孙越崎负责,中原公司日常事务由周树声负责,但以胡石青的社会关系和声望,对大政方针的商定,仍起了重要作用。

"管理中英庚款董事会"最初由15人组成,成立于1931年4月。英国退还庚款的总额为11186547英镑13先令。其分配事宜是:庚款总数的25%用于图书馆、博物馆、古迹古物保护;35%资助高等院校及研究机构;15%用于选拔留英学生;1%奖励

---

① 见安特生著、乐森璕译:《甘肃考古记》之"文化之迁移",1925年农商部地质调查所印行。

学术专著及中小学教科书等;24%建设中小学、农工职业学校、卫生学校等。抗战期间一部分庚款用来资助教师和学生转移到后方及疏散故宫博物院的珍宝等。

郭豫才的主要工作是根据"管理中英庚款董事会"对庚款分配使用的规定,再根据各部门所申报情况,办理庚款使用的手续。

郭豫才曾说,在四川期间,他任河南博物馆研究员,在胡先生指导下编写《中国古代民族史》。也就是说,这部《中国古代民族史》是由郭豫才和胡石青共同撰写完成的。

五、《中国古代民族史》主张中华民族为各部族融合而成

郭豫才与胡石青所著的《中国古代民族史》主张"境内无异族,境外有同胞",认为中华民族为各部族融合而成。黄帝、炎帝、蚩尤等皆中华民族之宗祖。

中华同胞认为,自己的祖先是三皇五帝。三皇,《白虎通德论·号》云:"三皇者,何谓也?谓伏羲、神农、燧人也。或曰伏羲、神农、祝融也。"伏羲是教民驯养野兽、制嫁娶、造书契、画八卦的英雄;神农是教民农耕、尝百草、宣药疗疾、以拯夭伤的英雄;燧人,其实与祝融同样,皆是发明火,教民熟食的英雄。

五帝,我国史书关于"五帝"记载各不相同。如《史记·五帝本纪》所指五帝是黄帝、颛顼、帝喾、尧、舜。三皇五帝是我国最早的远古帝王,也是后世承认的祖先。

但是,在我国的古史中,如《史记·五帝本纪》所记载的"五帝",皆是在部族斗争中胜利的部族领袖,认为黄帝是统一中国

的最早的帝王。

中国古代部族的斗争以及历史上帝王之争从来都是残酷的,"不可禁,不可止""胜者王侯败者贼"。九黎与三苗氏部族的领袖,应该也是中华民族的;但是蚩尤在战争中被黄帝部族打败。于是,后人自然对蚩尤进行"妖魔化",使蚩尤成为一个十恶不赦的人。《说文》云:"蚩,虫也。"《广雅·释诂三》:"蚩,乱也。"《方言》卷十二:"蚩,悖也。"总之,蚩尤失败之后,一切恶名皆加到蚩尤的身上。

胡石青与郭豫才的《中国古代民族史》是把蚩尤与炎帝、黄帝同等对待的。胡石青自20世纪30年代就开始关注对各地部族的研究。根据《胡石青事迹闻见录》记载:

1935年3月9日,胡石青在开封济汴中学演讲《中原人民之同化力》。

1935年7月12日,胡石青在陇海局演讲《中华民族演进之历程》。

1935年9月30日,胡石青在河南大学演讲《中华民族之特质及其将来之命运》。胡石青考证:"中华民族为各部族融合而成。黄帝、炎帝、蚩尤是皆各部族之酋长,亦皆中华民族之宗祖;未可持偏隅之见,有所尊崇或有所诋毁。"

胡石青还为蚩尤、黄帝各作诗赞美,以示尊崇。其咏史诗曰:

A、蚩尤

无端金风起钩娄,南服兵光动九幽。绝辔炎黄皆吾祖,香花十万祭蚩尤。

B、轩辕

长驱塞马定中原,万国九州置牧官。早识匈熊原一系,遥从猃狁拜轩辕。

笔者认为:胡石青的这两首诗刊登在《河南博物馆馆刊》,从这两首诗可以看出他不受世俗之束缚,对蚩尤和黄帝同样献出自己的尊崇之情。

郭豫才说,先生(指胡石青)素深于史学研究。远游后,对于世界各民族之历史和现实所得更多。就通志馆总纂之后,自认"大事记"一目。对于民族史之研究更为专力。观以上所记讲题,无不与民族史有关,可为佐证。①

胡石青摒弃古人不合理的看法,认为"绝辔炎黄皆吾祖"。绝辔,是蚩尤葬身之地,指的是蚩尤。胡石青和郭豫才认为蚩尤与炎帝、黄帝同样,也是中华民族之祖先,表明了他们尊重历史、尊重实际、尊重祖先的情怀。

六、《中国古代民族史》坚决反对"中国人种西来说"

郭豫才与胡石青对"中国人种西来说"有更多反感,他们认为这是既无学问又无常识、对历史毫无责任心的说法。

胡石青还应(民国)中央广播电台之邀,演讲《中华民族发展略史》。他演讲的主要论点是:中国古代人种乃生于中国疆土。力证"中国人种西来说"之误。中华民族乃合蛮、夷、匈、氐

---

① 郭豫才:《胡石青事迹闻见录》,《河南文史资料》1988年第28辑。

羌、狄塞五大血统，四大文化而成（匈、狄塞文化相同）。汉族文化乃文化代表，非种族代表。中国境内无异族，境外有同胞。①

1939年8月23日胡石青寄河南范九函信云：

> 汉族西来之说，本幕天大谣。迩来编历史教本者，辗转因袭，积非成是。致吾边疆同胞，多自认为受压迫而逃窜迁避，几疑汉族为侵凌弱小之异族，使大中华民族无形发生裂痕，为害实巨。故发愤治民史，俾知吾族皇古本位各支，如蛮（濮越各族）、夷、羌（氐）、狄（塞）、匈分占东南西北，经千百年来之竞进互长，以产生中心之共同文化，而后有中华、有汉族。故有汉族者，文化之代表，而全东亚之连锁也。知此义，乃知中国境内无异族，境外有同胞。一切不合理之揣测宣传，均可一扫而空之……岁月奄忽，学行迍邅，正不卜此能容我从容完成否？②

以上见于《乐想楼函稿》。乐想楼，是胡石青书房的名字。

1918年2月，北京周口店龙骨山发现碎骨片。3月22日，周口店一带发现了古动物化石堆积。1923年，周口店遗址堆积中发现1枚人牙齿化石。1929年，由中国考古学家裴文中主持发掘，发现北京猿人第1个头盖骨。1930年，在实验室内从堆积物里修理出一具中国猿人头盖骨。1934年，裴文中在周口店又发现3具完整猿人头盖骨，多件中国猿人化石，头骨、下颌骨、牙齿的残片。

1937年魏敦瑞、卞美年、贾兰坡主持周口店遗址的发掘，发现中国猿人一个眉脊骨、头盖骨碎片、5枚牙齿、残股骨、上颌骨

---

① 郭豫才：《胡石青事迹闻见录》，《河南文史资料》1988年第28辑。
② 同上。

等。周口店出土北京猿人的化石遗骸40多个、石器10万多件、动物化石近200种,发现用火遗迹多处。

北京猿人从500万年前到距今1万多年前为止。这些猿人或距今70万至20万年,或距今20万至10万年,或距今3万年左右。

中国在70万年前就已经存在,而法裔的英国人拉克伯里竟然提出"中国人种西来说"的观点,并说黄帝一支出自巴比伦,汉人祖先是巴比伦人等。那么中国国土上的人呢?!

北京周口店共发现6个猿人头盖骨,当时轰动了世界。在此之前,只有印尼发现了爪哇人头盖骨。但是爪哇人头盖骨很长,有人怀疑不是人类的头盖骨。而中国猿人的头盖骨发现之后,再也没有人怀疑人类确实经过一个猿人时代的了。考古学证明中国土地上自古就有人类,也就是中国人的祖先。现在随着考古事业的发展,我们有更多的证据证明中国人种在几十万年之前就已经形成了。

至于瑞典安特生,笔者认为也可能他对中国考古学的发展做出过一些贡献,但是他仅根据彩陶就提出"中国文化西来说",何况美索不达米亚平原的彩陶也是从外地迁徙而进入两河流域的,而且美索不达米亚平原的彩陶与中国彩陶基本同时发生,苏美尔人是从外地进入两河流域的。安特生的观点是一叶障目,不见泰山,早已受到质疑。

20世纪二三十年代,正是"中国人种西来说""中国文化西来说"最盛的时候,郭豫才和胡石青站出来用自己的科研成果击毁"中国人种西来说""中国文化西来说",表现出他们对国家、民族的热爱。

郭豫才说,胡先生晚年一言一动,无不以抗战建国为标的,故可名此期为先生抗建时期。现抗建大业,正待完成。而《河南通志》与《中国古代民族史》,一未付梓,一未脱稿,竟以康健之体,医药失调,阅月溘逝。凡知先生者,无不痛然不已也。①

七、胡石青去世后先生对其家属的照顾

1939年10月2日,胡石青因经费问题给主办民族文化书院的张君劢寄去信函云:……民族之研究,则必得一结果。年余来自努力,大致体系已成,材料所差无多,旧日见解无达正确程度者,近来证据渐多,或证实,或修改,际此一篑功亏之时,缮写无人,绘图无人,且生活费日高,家庭生活问题亦日益迫切,恐由弟个人力量完成之企图,已感十分困难,此亦近来之苦衷,愿与兄一商讨者也。②

1941年2月3日,胡石青在北碚石家湾旅寓病逝,当时来吊丧的人很多,包括于右任、张君劢、翁文灏等。胡石青和张君劢是通过梁启超认识的。当提到胡石青的遗著问题时,这些人都表示愿意提供帮助。

因此,胡石青的这些朋友在他去世之后成立了胡石青遗著整理委员会。这个委员会由郭豫才与胡石青之子以及胡石青的生前好友组成。遗著整理委员会是用同盟会的会资,由一个姓杜的先生管理,使郭豫才继续完成胡石青遗著《中国古代民族史》。

---

① 郭豫才:《胡石青事迹闻见录》,《河南文史资料》1988年第28辑。
② 同上。

关于胡石青遗著的整理,因只有郭豫才专业,故以他为主负责。

张君劢表示,《中国古代民族史》与他的书院的宗旨是相合的,愿意每月提供300元,两年为期,由他的书院出版。而且他还表示,希望增加人手和力量,胡石青的大女儿胡苑善也参加写作。商议的结果是由郭豫才与胡苑善为一方,张君劢为一方签订合同。每月提供的300元资助款,其中200元用于购买图书和书记待遇,100元作为胡苑善的生活费用。胡苑善因为与其姨母(胡石青之妾)关系不好,不愿意留北碚居住,不久就到江北鸳鸯桥私立清华中学教书,并未参加实际工作,也未领款项。她的这笔款就全部用在购置设备和图书方面,还请了一个书记,原是中原公司的抄写。不到一年,连书记也请不起了,但郭豫才仍在编写这部书稿。

胡石青1941年2月3日去世。郭豫才本来就在胡石青家中住,视其如父,视其夫人如母。而在胡先生去世之后,胡石青的夫人是没有工作的,其子胡震善在重庆大学机械系读书,女儿胡瑆善在女子师院附中读书。郭豫才一直照顾胡石青的家属。

郭豫才说,1941年胡先生逝世,其政治上接近张君劢、罗隆基,单与国民党不接近。逝世时,嘱其子弟,与余《中国古代民族史》,约同乡组织。胡石青遗著整理委员会,受民族文化书院与三民主义丛书委员会等助款,以英款为主作遗著会经费。1945年,庚款迁移,于右任介绍郭豫才至礼乐馆工作,除编北碚民俗志外,仍续编民族史。由此可见,郭豫才的工作是很不稳定的,他不仅要照顾胡石青家属的生活,还要供孩子们读书。郭豫才的精神是可嘉的,笔者认为,胡石青与他也是有一份深厚的友情。

第九章　入职国立礼乐馆

在"管理中英庚款董事会"工作整整5年之后,由于其彻底不能维持了,于是郭豫才通过胡石青的朋友——中原矿业公司的杜扶东,还有于右任的推荐入职国立礼乐馆为编审,负责收集各地礼仪风俗和审定礼乐书籍、整理翻译礼记,参加撰写《礼制通论》,选编各种礼制章则、编印各种礼制书刊等。郭豫才在北碚这个多民族地区,对当地的民风民俗进行考察,研究当地所保留的较为原始的风俗,写成《北碚转房俗的采访及初步分析》《北碚的婚俗》《北碚的疃》等文章,并在国立礼乐馆创办的杂志《采风》上发表,可以说他是研究四川婚俗最早的学者之一。

一、国立礼乐馆之沿革

礼乐馆,最初起于上海20世纪30年代,上海大同乐会有意整理国家传统音乐,又称为国乐,向中央政府申请成立国乐馆。但是国乐馆,仅仅是整理古代的传统音乐。抗日战争时期,日本人进入中国,特别是要改变中国的文化。如在东北,让儿童学习日文教科书;当中原沦陷,日本人进入华北,中原儿童也要学习日文等。

中国文化面临着日本文化的强烈冲击,陷入了民族文化被践踏灭亡的危难之中。在这种民族危急的关头,有人提出要保留中国文化的呼声。

1943年4月,国乐馆改为礼乐馆,全称国立礼乐馆,在重庆北碚成立,馆址设在北碚缙云山北温泉处。礼乐馆隶属于教育部,人数控制在40人左右。分为礼制组、乐典组、总务组3个组。

1944年汪东先生任馆长,制订了礼制组等工作计划:编辑《北泉议礼录》、翻译礼记、礼制通论、五礼演习图、中西礼俗、婚丧礼长编,创办《礼乐》杂志等。1944年底,礼制组完成工作计划一半左右。

礼乐馆于1946年5月5日从重庆正式搬迁到南京。在第三次国内战争的炮火中,国民政府节节败退,1949年4月从南京迁往广州,1949年10月从广州迁往重庆一个半月,再迁往成都10日,后从成都迁往台北。

二、入职国立礼乐馆之缘由

抗战胜利之后,"管理中英庚款董事会"至1944年就已经不能维持,无法再向研究者提供资助,也不能支付职员的工资。不仅郭豫才面临着失业的危险,而且胡石青的一大家子都有断粮之威胁。而当时物价上涨,米珠薪桂,因此郭豫才到处托人找工作。

中原公司的杜扶东、周树声知道了这个事,想办法帮助。当时北碚有两个文化机构:一个是编译馆,另一个是礼乐馆。顾颉刚(中国科学院)与李秉三(重庆大学地理系)推荐郭豫才到编译馆。当时已经初步得到编译馆的同意,并收到书面通知,为编

第九章 入职国立礼乐馆

译馆的编纂,月薪460元。后来有人提出反对,认为初建馆,薪额太高,所以没有成功。

杜扶东又去请中国近现代著名的政治家、教育家、书法家于右任推荐,郭豫才到重庆国立礼乐馆工作,于右任是胡石青的朋友。

国立礼乐馆直属民国教育部管理,负责国家礼制乐典的厘定及音乐书籍的编订、音乐教育的开展等工作,礼乐馆当时就在北碚的北泉。1943年国立礼乐馆正式成立,聘国民政府教育部原政务次长顾毓琇为礼乐馆馆长,并在北碚缙云山北温泉举行第一次"礼制谈话会",把会议内容编录成《北泉议礼录》。1944年2月,国民政府监察院监察委员汪东任礼乐馆馆长,任职4年多,主持礼乐馆各项工作。

汪东上任馆长后,制订了严格完整的工作计划,共安排了17项工作,如编辑《北泉议礼录》、礼制通论、五礼演习图、婚丧礼长编、中西礼俗、翻译礼记等,以及编订礼制书籍,创办《礼乐》杂志。1946—1948年的工作也是以此为基础进行的。礼制组必须及时把研究成果整理成册并公布于众,让民众知晓、学习礼乐知识,从而实现礼乐治国的目的。

郭豫才就职礼乐馆礼制组编审。礼制组10人,负责编审与教育部有关的礼乐书籍、图表等。礼制组曾编订《北泉议礼录》等礼制书籍,整理中国的各种礼仪,创办《礼乐》杂志等刊物,开展国际学术交流活动等。他主要是负责完成礼乐馆馆长所布置的任务。1943年8月,礼制组举行了礼制谈话会;11月,考试院院长戴季陶在北温泉主持了礼制讨论会,编订民国礼制,制定

《中华民国礼制》。

乐典组10人,负责编订乐典及音乐教育的书籍,还需完成中小学音乐教材审核及歌曲审查等事务;当时著有抗战歌曲,还有收集民歌等工作,如王洛宾收集的西北民歌等。选辑有关国歌军歌乐章,指导婚礼工作等。

总务组20人,负责管理文书、总务、出纳等工作,当属于行政之类的工作。礼乐馆为中国近代音乐的发展做出了应有的贡献。

1945年,国立礼乐馆创办《礼乐》杂志以及4期《采风》。《礼乐》杂志是不定期杂志,其内容礼乐并重,包含古礼沿革、民间礼俗之流变、中外礼俗之比较、礼制之发展趋向等方面,还有古今音乐理论之研究、中西古今乐器介绍等。1945年9月,礼乐馆又创办了《采风》,主要是收集、整理历朝历代各地的歌谣、风俗、古今战歌、民歌、民俗学等内容,并进行研究和探讨。1946年还创办《礼乐》半月刊杂志,发行了24期,如发表李渭良《中西礼俗异同》等论文。

郭豫才负责北碚民俗的调查和研究。当时他曾深入北碚农村调查民俗,亲眼看见农民的痛苦生活,目睹乡保长抓壮丁的惨剧。他在礼乐馆是编审,工作还是相当繁重的。

三、北碚婚俗的研究

"采风"的含义,原来主要是指采集民歌,五四运动之后,我国学者从国外引进了民俗学,开始对民俗学感兴趣,认为民俗、民风是我国古老历史的组成部分,于是把收集民俗、民风的活动也称为"采风"。"采风"泛指采集一切民间的创作诗歌和风俗。礼乐馆创办《采风》杂志主要是为了对民风民俗进行整理和研究。

四川的政治文化军事中心在成都,重庆原是巴国的国都,后因处在长江边上又称江洲;又因地处渝水(嘉陵江)边,隋文帝开皇元年(581年)改为渝洲。据说南宋光宗先封藩王后即帝位,双重喜庆,于是改渝州为重庆府,沿用至今。但这都不能说重庆是四川省之中心。重庆的地理位置很重要,水运是主要的交通运输渠道。后来随着长江下游武汉、上海的兴起,重庆成为长江上游一个重要的通商口岸。1921年刘湘在重庆宣布就任四川省省长,统领川内各路军,但统治中心仍在成都。1922年重庆设市政公所,1927年设市政厅,1929年正式设市。重庆已成为四川的次行政中心和事实上的西南经济中心。1935年,国民政府行政院颁布命令,重庆成为直属行政院的直辖市。1938年7月之后,国民政府迁都重庆。

重庆地处我国西南的群山之中,有歌乐山、华蓥山、缙云山、大巴山等连绵起伏,是嘉陵江和长江的汇合之处。而重庆之北的北碚,特别是城外的农村应该说还有很落后的习俗,没有跟上城市发展的步伐。

四川是一个多民族的省份,北碚有土家族、彝族、苗族、白族、回族、满族、蒙古族等少数民族,由于地处山区,还保留着较为原始的乡俗。

郭豫才对重庆附近的北碚转房风俗进行采集和研究,写成《北碚转房俗的采访及初步分析》《北碚的婚俗》两篇文章,主要是写北碚婚俗。北碚有一个重要的婚俗,就是转房,即当这一家的儿子亡故,公婆与儿媳双方同意,儿媳再嫁给小叔子或堂叔子。甚至有大转房,再嫁给男方侄子。这当然是山间贫家所为。直到抗战结束转房都还偶有发生,实际就是一种收继婚。

当人类进入以男性为主的社会之后,女性相对男性就沦为弱势群体。收继婚,其实就是在男性为尊的社会里,把女性当作财产的婚俗,即当长辈男性,如父亲、叔伯、兄长死后,他的儿子、侄子或弟弟,可以接受父亲、叔伯、兄长除生母外所有的妻妾,成为自己的妻妾。

据《左传》记载,我国春秋时期,父死,妻其后母的现象还是非常多的。之后中国民智渐开,这种现象基本消失。但是,北碚似乎还很盛行。在四川又称为"转房婚俗"。

20世纪80年代,笔者在四川大学跟随徐中舒教授攻读博士学位,有同学在研究四川的转房俗,亦称为收继婚。笔者才知道四川曾存在过先秦时期的"烝""报"婚姻。而郭豫才在20世纪40年代就开始研究四川的转房婚俗,应该是最早研究四川"转房婚俗"的学者之一。

第十章　受聘国立女子师范学院

抗战胜利后,国立礼乐馆搬回南京。郭豫才不愿意随礼乐馆迁到南京,于是又在一个同学的介绍下,入职女子师院。由于他一直在学术与文化的领域中努力,有较好的基础、突出的研究成果、深厚的学术积淀,被女子师院高薪聘为教授。1949年11月30日,重庆解放,军管会接管女子师院。1950年3月,院长陈东原卸任,段喆人接任临时院务委员会主任,郭豫才属于学术地位较高、资格较老的教授,于是被聘为女子师院的校务委员会委员,并兼任教务长。

一、国立女子师范学院以教授之职高薪约聘先生

1946年6月16日,女子师院迁往重庆九龙坡。由于抗战时期学校聘请教员不严格,学校重新聘请教员。由院方教授代表组成聘任审查委员会,遴选优良师资,讨论对继续聘用的教员升职加薪的事务。

是时,郭豫才的一个熟人张维华,曾经是《禹贡》的编辑。他们早年在郭豫才向《禹贡》投稿时认识,之后见过一面,并不是太熟。这时在女子师院教书,并兼任历史系主任之职。在张维华的举荐下,郭豫才通过聘任审查委员会的资格审查,入职女子师院。

女子师院于1940年11月成立并开学,校址在四川江津县

白沙镇新桥,称为"白苍山庄"。第一任校长谢循初,1919年毕业于金陵大学,后赴美国芝加哥大学留学,获心理学硕士学位。1946年9月,女子师院迁往重庆九龙坡,劳君展为校长,她毕业于东南大学,赴法国勤工俭学,入里昂大学、巴黎大学学习,跟随居里夫人学习放射物理学,是居里夫人培养的唯一的中国女学生。

这次女子师院迁至九龙坡,让学生全部登记,凡愿意继续就读的必须前往院务委员会重新登记,凭登记证入学。教职员全部另发聘书,原教职员有的未被聘,有的应聘到其他大学。当时院务委员会主任伍淑傥从中山大学带过去一批教职员。重庆市警察局派出23名警察队员成为住校卫警。

很快校方又发现女子师院的校址安排在重庆九龙坡不太理想,因九龙坡原是一个小村落,地处荒野,一旦时局紊乱,安全无法保证,不适宜做女子最高学府的永久校址。从长远发展考虑,教育部与学校决定将学校迁往北碚。

1946年8月,由于郭豫才有丰富的研究成果,他曾撰写《河南通志》关于"方言"部分,发表20多篇学术论文,在国内著名的学术杂志《禹贡》《采风》《河南博物馆馆刊》皆发表过重要的学术论文;在《采风》当过编辑,他曾是著名的琉璃阁遗址发掘的主持人,参加豫西的学术考察及龙门石窟的考察和研究,与关百益共同写成《伊阙古迹图》一书;还与胡石青共同承担《中国古代民族史》庚子赔款项目,等等。郭豫才凭借着这些突出的研究成果,深厚的学术积淀,被女子师院高薪约聘为教授。

入职女子师院史地系担任教授之后,胡石青的妻子儿子也和郭豫才住在一起。他视胡石青的妻子如母,予以奉养。

二、担任国立女子师范学院教授与校务委员兼教务长

自大学毕业至抗战胜利,郭豫才一直从事的是研究工作。他曾说:专门的研究工作以客观条件不允许,为了职业只得降格而求到女子师院。如前所述,他在研究历史方面已经有了许多的积累,而大学教授是必须有研究成果的。他"以不得已,而得以如愿以偿"。

是时,女子师院增设美劳专修科,将史地系分为历史、地理两个组;理化系分为物理、化学两个组。美劳,美是美术,劳是动手能力。美劳师资,当时西南各省极为缺乏。史地、理化分组是教学所必需的。

当时女子师院所开课程,以体育系专修科为例,必修课有三民主义、国文、外国文、本国文化史、社会学、生物学、教育概论、教育心理学、普通心理学、中等教育、普通教学法、应用解剖学、人体生理学、体育行政、音乐等;学修课有医药与疾病常识、营养概论、运动生理、家事教育、女子教育、发展心理学、应用文、心理卫生、舞蹈、升学与就业指导等。从课程的设置反映了女子师院重视素质教育。

郭豫才到女子师院任教历史系,教授中国历史与研究,主要是中国古代史。他搞中国古代民族史已有相当多的积累,对五胡十六国研究较多;他想把研究的重点放在五胡十六国、南北朝、五代十国。这两个阶段较乱,也较麻烦,但是研究者不是太多,是当时研究领域的冷门。

能够被女子师院约聘为教授,郭豫才还是很满意的。为此

还与一些当时很进步的学者谈过话，如后来到华东师范大学教书的吴泽，还有后来到北京大学教书的翦伯赞，并谈过对教授历史的感受和经验。他说，吴泽先生好像更重视观点，而自己多年来一直是从事文物资料研究的，更重视具体的史实和微观研究。

郭豫才出任女子师院教授之后，情况发生了很大的变化。之前从事的是具体史实和实物的研究，而今是一个大学教授，必须有系统的按时代顺序编写的教材。在教材中必须把每个时代重要的事情写出来，还要有骨力，这是一个非常有时代性质的史学教材。他为此也下了不少的功夫，写出了中国古代史、魏晋南北朝史、隋唐五代史、中国史前史等方面的教材。

后来，郭豫才还很后悔给学生讲的是古史辨派的观点，说是自商代之后才是信史。当然，我们不能拿现在的史学观去要求他，但是他在考古学和民族学的研究方面，坚决反对"中国人种西来说""中国文化西来说"，是与我们今天的观点相一致的，那些文章的字里行间皆体现出他的爱国情怀。

郭豫才自1946年8月至1950年7月在女子师院史地系担任教授。在这期间，该院几度易院长：1946年初，首任院长谢循初辞职；6月，劳君展任院长；1947年7月，劳君展因支持学生运动辞职，张邦珍替任院长；8月3日，陈东原为女子师院第四任院长。1950年3月，陈东原卸任，段喆人接任临时院务委员会主任。

段喆人接任临时院务委员会主任时期，郭豫才被聘为女子师院的校务委员会委员，并兼任教务长。在担任教务长时，他能够认真负责地执行西南文教部的各种方针政策，得到了领导的信任，也得到了女子师院师生的支持，在群众中建立了威信。

第十一章 对西南师范学院的奠基贡献

一、国立女子师范学院与四川省立教育学院合并为西南师范学院

1949年底,大西南地区基本解放。西南文教部开始对西南地区的高校以及文化教育部门进行改革和整顿。根据中共中央西南局和西南军政委员会的精神,将女子师院与四川省立教育学院合并为西南师范学院。郭豫才以女子师院教务长的身份高票当选为西南师范学院筹备委员会委员兼秘书长,还曾代理西南师范学院校委会主任,对西南师范学院的成立有奠基之功。之后,他在西南师范学院担任过教务长,在学校历史系整整当过23年系主任。尽管他被划为右倾,但仍然是系主任,说明学校对他的学术、能力和品质的信任。

1949年底,云南、贵州、四川、西康相继解放,大西南地区成立了西南军政委员会。根据中央的政策精神,开始对旧有学校教育事业和旧文化事业有步骤地、谨慎地进行改革。

1950年上半年,西南文教部派人到女子师院与四川省立教育学院深入调查,听取两校教师、学生、社会各界,包括附近居民的意见,认为两校性质相同,专业相近,如果合并可以节省人力和物力,有利于改造旧有学校,有利于师资较差的系科水平提

升。1950年10月21日,国家教育部批准了西南文教部提交的申请,于是女子师院与四川省立教育学院的合校工作正式进入日程。

合校后的学校名字就以"西南师范学院"命名。合并工作由女子师院和四川省立教育学院各推出3名代表,西南文教部1名代表,共7名代表,成立西南师范学院筹备委员会。

西南师范学院的校址最早是在重庆磁器口教育学院的旧址,因为比较小,就在沙坪坝重庆大学的对面选一个面积1200亩的新校址。但是这个新校址应该说没有启动。1952年下半年,中共中央西南局和西南军政委员会的精神是将设在北碚的原川东人民行政公署及川东区委会的驻地调整为西南师范学院的新校址。全校师生员工陆续从九龙坡、磁器口、沙坪坝向北碚迁移。当学校迁移到北碚时,很多人认为院系调整,迁校没有必要。因为北碚远离重庆市的中心,交通不便,信息不灵,对外联系不方便等,恐怕对学校的发展不利。

学校迁移北碚,郭豫才却高兴。北碚是他抗战初期护送河南文物南迁重庆之后的卜居之地。北碚风景秀丽,环境安静,有较大的发展空间,且有较好的文化底蕴,应该说在这里办大学,是一个很好的场所。他一生也是与北碚结缘,后来就职的"管理中英庚款董事会"、国立礼乐馆皆在北碚,在女子师院时才到重庆市中心,而如今又回到北碚,他很高兴的。

合并后,西南师范学院设有教育系、中文系、外语系、史地系、数学系、理化系、生物系、音乐系、美术工艺系、保育系、体育专修科。

第十一章 对西南师范学院的奠基贡献

1951年10月至1952年4月,重庆大学教育系、重庆艺术专科学校艺术专业并入西南师范学院。

1952年9月,学校响应国家的号召,进行院系调整。在院系调整过程中,四川大学教育系、教育专修科、中文专修科、史地专修科,重庆大学中文系、外语系,华西大学数学系、生物系、外语系、音乐系,川东教育学院(原私立中国乡村建设学院)教育行政系、中文系文艺组、生物化学系,西南工业专科学校和乐山技艺专科学校的部分师生来到北碚,合在西南师范学院。

1953年8月,四川师范学院的数学系、物理系,贵阳师范学院的学校教育系、中文系、史地系、物理系、化学系,昆明师范学院的史地系、物理系、化学系、生物系部分师生,四川医学院的营养保育组、四川大学地学系合并到西南师范学院。同时把西南师范学院的史地系分为历史系、地理系,理化系分为化学系、物理系,外语系英语组合并在俄语系,美术工艺系改为图画制图系等。

当时,学校设有教育系、学前教育系、中文系、俄语系、历史系、数学系、物理系、化学系、生物系、地理系、音乐系、图画制图系共12个系;还设有教育专修科、中文专修科、史地专修科、数学专修科、生物专修科、体育专修科、图书馆博物馆专修科、保育专修科共8个专修科。学校还设有西南师范学院附中、附小、幼儿园等。一个规模宏大、系科完整的西南师范学院建成了。

二、西南师范学院的奠基者之一

自从到女子师院教书后,郭豫才直接被聘为教授,继而晋升为系主任、教务长,成为女子师院的顶梁柱。在女子师院一连更换四任校长、学校极不稳定时期,他的作用更显得突出,在学校起着一个稳定的作用。

在女子师院与四川省立教育学院合校的过程中,郭豫才在女子师院已经成为科研出类拔萃、教学业务突出的教授,而且在学校的威信很高。因此,在合校时期,他是女子师院高票选出参与合校的三个代表之一,被推为西南师范学院筹委会的代表。

1949年8月17日,西南师范学院成立筹备委员会,郭豫才被推为筹委会的秘书长,周西卜担任主任委员。接着,召开了第一次筹备委员会会议,决定行政机构的设置和人员的安排、系科班级的调整、搬迁和校舍的建筑等问题。8月22日设立西南师范学院筹备委员会办公处,启用"西南师范学院筹备委员会"的印章,开始行使职权。这枚印章具有法律的效力,它具有代表西南师范学院筹备委员会行使权力的意义,可以发出西南师范学院对行政、教学、经济、财产等各方面的指令,表明西南师范学院已经有了国家承认的行使权力的最高机构。

这个时期,筹备委员会负责领导全校的工作。在筹备委员会之下设教务处、总务处和生活辅导委员会。

教务处负责全校的教学工作,指导各系科、政治课教学、附中、附小等,教务处下设注册组、出版组、图书馆等。

总务处负责全校的总务工作,下设庶务组、文书组、会议室、出纳室、医务室等。

生活辅导委员会负责管理学生的生活事宜等。

1951年5月20日,西南文教部鉴于西南师范学院筹备委员会已经完成了他的历史使命,决定撤销筹备委员会,组成院务委员会。

解放初期,由于当时校长制还不成熟,我国各高校皆实行校务委员会制。郭豫才以筹委会委员兼秘书长的身份进入校委会,并曾担任代理校委会主任。

据《西南师范大学校史》记载,院务委员会由物理学家谢立惠教授为副主任委员,委员由著名学者吴宓、方敬、周西卜、郭豫才、施白南、赖以庄等教授组成。① 谢立惠教授后来任西南师范学院副院长。然而,这个院务委员会的名单有一个很奇怪的情况,就是院务委员会只有"谢立惠教授为副主任委员"。在《吴宓日记续编》中也说,1951年任西南师范学院物理系教授、教务长、校委会副主委。《西南师范大学校史》没有写主任委员。院筹备委员会原来的主任周西卜教授,已经是一个委员。根据笔者原来在郭豫才那里了解的情况,以及后来笔者见到他在日记本上的记录,在院务委员会成立时,他代理校委会主任兼校委会委员(图11-1)。

---

① 《西南师范大学校史》编修组:《西南师范大学校史》,西南师范大学出版社,2000,第75页。

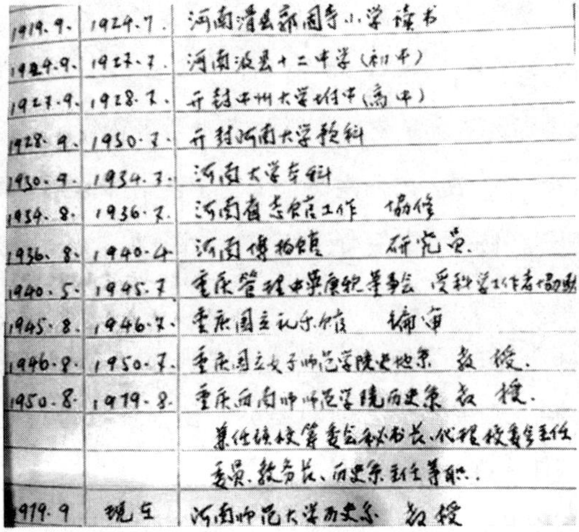

1919.9.	1924.7.	河南滑县郭固寺小学读书
1924.9.	1927.7.	河南浚县十二中学（初中）
1927.9.	1928.7.	开封中州大学附中（高中）
1928.9.	1930.7.	开封河南大学预科
1930.9.	1934.7.	河南大学本科
1934.8.	1936.7.	河南省志馆工作　协修
1936.8.	1940.4	河南博物馆　研究员。
1940.5.	1945.7	重庆管理中英庚款董事会　受科学工作者协[illegible]
1945.8.	1946.7.	重庆国立礼乐馆　编审
1946.8.	1950.7.	重庆国立女子师范学院史地系　教授。
1950.8.	1979.8.	重庆西南师范学院历史系　教授。
		兼任该校筹委会秘书长、代理校委会主任
		委员、教务长、历史系主任等职。
1979.9	现在	河南师范大学历史系　教授

图 11-1　郭豫才先生手稿(1)

也就是说,郭豫才当时所任的是西南师范学院代理校委会主任,实际就是校长。不知道西南师范学院的校史上为什么只写了校委会的副主任,而没有写代理校委会主任,可能是材料的缺失。为了给郭豫才写这篇传记,得到其家属的允许,笔者翻阅了他遗留下的很多笔记和资料。在笔记本上见到这个材料,也算是对西南师范学院校史的补充。

在这次会议上,还决定了教务、总务两处的负责人[①]。在郭豫才的笔记本上还写了他曾做过教务长。笔者想,可能也是因为他做了教务长,就没有写他“代理校委会主任”的事情。

笔者记得郭豫才的外孙刘跃令说过:西南师范学院在组建

---

① 《西南师范大学校史》编修组:《西南师范大学校史》,西南师范大学出版社,2000,第 75 页。

的初期,先生是教务长,因为当时没有校一级的领导,教务长实际就是校级领导。

由于郭豫才一心扑在组建学校的工作上,常常不按时吃饭,有时甚至错过时间就不吃了,与下一顿合在一块吃,作息也不按时。当西南师范学院的工作走上正轨之后,他患上了严重的肠胃病。这个严重的肠胃病,对他的身体是一个极大的摧残,伴随其后半生,严重地影响了他的工作。

在合校的工程中,郭豫才辛辛苦苦,起早贪黑地为西南师范学院组建操碎了心,做出了巨大的贡献,他不愧是新中国高等教育的奠基人之一,是西南师范学院最重要的奠基人之一。

三、对西南师范学院所做贡献

郭豫才在西南师范学院建校伊始,从筹委会到校委会,再到担任教务长、系主任,为新中国高校的建设和发展做出了重要的贡献。

(一)担任西南师范学院教务长

郭豫才在西南师范学院担任教务长,管理全校的教学业务。全校12个系、8个专修科,还有附中、附小、幼儿园等,所有系、科的排课,都要经他看过。而且,这是新中国成立后首建的高等院校,排课的内容与以往完全不一样。

在教材方面也需要重新审定,特别是社会科学的课程,必须用新的内容、新的观点去讲解。例如,历史课除传统的史学知识之外,必须用新史学的观点给学生讲解;文学课除传统的文学知识之外,还要增加无产阶级文学的内容;外语课原来是以英语为主,改为俄语系后,全部开设俄语课;教育系、地理系皆有类似情况。因此,选用教材、编写教材成为教师的重要工作,而对于教务处来说,当时全国刚刚解放,统一教材还没有编成,教师们自己所编写的教材需要教务处的审定。这对于担任西南师范学院教务长的郭豫才来说,无疑增加了工作量。

还有一个问题,西南师范学院的合校不仅仅是女子师院和四川省立教育学院的合并,而且在院系调整时,四川大学、重庆大学、华西大学、川东教育学院、西南工业专科学校、乐山技艺专科学校、四川师范学院、贵阳师范学院、昆明师范学院、四川医学院等与西南师院相近的系、科、专业全部合并到西南师范学院,这也大大增加了教务处的工作量。

在这次合并及院系调整的过程中,郭豫才为了西南师范学院的工作可以说呕心沥血,操碎了心。

(二) 接河南家属到西南师范学院

自抗日战争护送河南文物南迁重庆之后,郭豫才与家人就断绝了音讯。1954年,他回到了阔别18年的故乡,接家属入川。这个时候女儿郭先锋是新乡市圆珠笔厂的会计,已经结婚。女婿刘苏丹为新乡市工具厂的医师。女儿已经不能跟随他到四川了,于是他接妻子一起来到重庆北碚。在中国人的思想观念中,必须有个男孩子,家庭才算完整。因此,跟随郭豫才一起到北碚的还有侄子郭大伟(刘跃令说,姥爷的侄子名是郭大威,但《吴宓日记续编》上是"郭大伟")。郭豫才为了工作,在国难当头的情况下,护送河南文物毅然入川,与家人失去联系18年。此时回家,真是"少年离家老大回,乡音无改鬓毛衰"。一个人漂泊在外18年,也实在令人心酸。

郭豫才接家属的路途是这样的:他回河南时是从西北、西安等地回去,接到家属之后从汉口乘船到北碚。他在手稿中写道:"一路上经过大小都市10余个,有些是我所熟悉的都市,过去相识,而现在完全改变了面貌。到了家乡,过去贫困的农民都分到了土地,每个人都喜形于色。"他真正感到社会、祖国的变化。

这个时候,他已经患了严重的肠胃病,也确实需要人照顾了,妻子等人的入川无疑给他带来了温暖的家的感觉。

(三)担任西南师范学院历史系教授和系主任

在西南师范学院,郭豫才已经是很有名的三级教授了。《西南师范大学校史》云:学校已经拥有一大批教学经验丰富、学术造诣深厚的知名专家学者……学校四级以上的教授有:谢立惠、吴宓、郑兰华、叶麐、张敷荣、罗容梓、普施泽、方敬、郭豫才、李源澄、赵维藩、段调元、郭坚白、严栋开、张孝礼、施白南、李孝传、邓胥功、张清津、段喆人、高振业、赖以庄、魏兴南、徐德庵、刘又新、何剑熏、孙培良、邓子琴、杜纲百、熊正玿、王秀泉、尹以莹、冯至东、唐世鉴、戴蕃瑨、王钟山、赵廷鉴、许可经、张宗禹、刘一层等。[①]

这些专家学者为学校的教学科研发展和学术水平的提高奠定了坚实的基础,也为新中国人才的培养和学术研究做出了重

---

① 《西南师范大学校史》编修组:《西南师范大学校史》,西南师范大学出版社,2000,第84页。

要的贡献。

是时,在西南师范学院历史系期间,郭豫才与吴宓分别是中国古代史和世界古代史的主讲教授。据《吴宓日记续编》记载,当时的历史系决定,中国古代史、世界古代史学期考试不分组,150名考生全由郭豫才、吴宓以主讲教师独立考毕。虽劳苦,亦不得不任其事也。郭豫才教课认真负责,不辞劳苦,思维严密,举动稳重,深得历史系教师们的尊重。有一次西南师范学院历史系评先进教师,当时郭豫才、邓子琴、赵彦青、杜昆、黎军5位教师被评上,他们的先进事迹材料分组送去讨论酝酿。最后,邓子琴28票、郭豫才25票、赵彦青23票、杜昆23票、黎军22票,当选历史系先进工作者。这说明郭豫才当时在系里的威信还是比较高的,也说明他工作努力。

1956年5月,西南师范学院历史系原任系主任孙培良辞职,学校任命郭豫才为系主任。这年,西南师范学院和全国高校一样,开始给教授定级。郭豫才被定为高教三级。

据《吴宓日记续编》记载,自当了系主任之后,郭豫才更忙了。不仅要忙系里的工作,每个星期要开会,而且每周都要给学生上课,也是很繁重的。另外,有些青年教师还要经常请教他一些问题,如一个名曰潘仁斋的请教的问题:

(1)中华民族成于何时?答曰:宜采其成于秦及汉初之说。

(2)《诗经》固为现实主义,《楚辞》似为浪漫主义,而非"反现实主义",疑莫能明。遍读杂志新刊,苏联之说尚无定,兼以斯大林被推翻,吾侪讲学,不知何所从违,至感困难,云云。

郭豫才为人随和,谦虚,老成温厚,喜欢帮助别人。如经常让他的保姆买些鸡蛋、肉,元宵节买些元宵给那些无人做饭的老师送到家中。因此,他与历史系同事们的关系是处得非常好的。

郭豫才到底任多少年的系主任?目前说法不一。王瀛三在《记河南博物馆研究员郭豫才先生》中写道:"自1956年起,任西南师范学院历史系主任长达20年之久。1979年因工作需要调入河南大学历史系。"①《吴宓日记续编》中也说先生自1956年5月担任历史系主任。

据郭豫才的外孙刘跃令说,他的外祖父在调入河南大学之前,一直是西南师范学院历史系主任。郭豫才曾经给我们上课时说:他当了30年的系主任,使他的学术受到一些影响。如果从1956年先生任历史系主任始,至1979年,他在历史系担任系主任整整23年。

笔者认为,郭豫才所说的30年,是一个约数;而《历史文化学院民族学院史》关于"郭豫才先生"条目是一个研究生所写,当时不了解情况,不准确。郭豫才在历史系担任23年系主任,是准确的。如他笔记本的履历草稿上写道(图11-2):

1949年底	1955	筹建西南师院任筹委会秘书长,该校教务长
1956	1978.8.	任西南师院历史系教授兼系主任.
1979.9.	现在	河南师大历史系教授.

图11-2 郭豫才先生手稿(2)

---

① 王瀛三:《记河南博物馆研究员郭豫才先生》,载河南博物院编《河南博物院建院八十周年论文集》,大象出版社,2007,第393页。

郭豫才在西南师范学院历史系整整当了23年的系主任,并且在这之前是西南师范学院合校时期筹委会委员,还是校委会秘书长、代理校委会主任等。他兢兢业业在西南师范学院历史系教书,默默地贡献他的人生。

四、被划为右倾及改正

当年,郭豫才被错划为右倾。据《吴宓日记续篇》记载,他的问题主要有以下几点。

(1) 把历史系党支书视为系主任的助手,党政平行;轻政治、重业务,使历史系学生脱离政治,只专不红。

(2) 有时越过历史系支部书记季平而直接去见学院党委。

(3) 对讲义、教课、行政、生活、分纲目,极尽责诋。重古史,而忽略现代史,及刊物编辑重用岑而不用青年助教。

(4) 战国讲义以古解古,即以封建观点说明封建时代;无马克思列宁主义观点。论管仲,夸大管仲个人的作用;导学生于反动之途也。

(5) 中国古代史讲义不用马克思列宁主义,"厚古薄今",是白色专家。

(6) 应以古为今用而未之行,如论北京猿人,不曰"艰苦的劳动",而曰"质朴之生活",是郭豫才开历史倒车,也是他为将死亡者之望古悲观。

(7) 不以古反今而行之,如"论子产",引起1957年右派之作乱;不毁乡校≠尊重"民"意=卫护本阶级;不抵抗政策=颂扬蒋介石之不抗日;小国事大国=反对今时印度尼西亚及黎巴嫩之斗争。

(8)论孔子,不如今日苏联之教育家远甚,为"王者师",是郭豫才之志也。舞雩章,使学生游手好闲,不劳动,奴才教育。论他"厚古薄今"对共产主义之危害。

(9)照顾岑、彦、涤(皆里历史系的教师,后划为右派),袒护右派。

(10)主张党政分家,以盟小组(民盟)操纵历史系,欲岑、彦为副主任。

郭豫才被划为右倾为什么有这么大的反响呢?由于他当时在系主任的位置上,因此很多人写文章批判他,如《揭发郭豫才主任之教学方向、目的、影响》《中国古代史讲义之检讨》等。西南师范学院历史系开批判大会,郭豫才检讨3次才算过关。

郭豫才的问题在1962年被认定为甄别不够,1979年彻底改正。他珍藏的文件上写道:"郭豫才同志原任我院历史系主任、教授。1958年交心运动中,被认为思想严重右倾,在全系教师大会上受到批判。在交心会上摘了材料展览和'现身说法',1962年甄别不够彻底。现根据中央〔1978〕49号文件精神,经复查认为,1958年对郭豫才的批判与搞材料展览,以及'现身说法'是错误的;予以完全平反,恢复政治名誉。本人档案中形成的此类材料,一律驱除销毁。中共西南师范学院委员会1979年12月25日。"文件上盖着中共西南师范学院委员会鲜红的印章。

自此,郭豫才心情愉快,以更饱满的热情投入到工作中。

第十二章　回到母校河南大学及所做研究

自1938年护送河南文物南迁,至1979年回到母校河南大学,郭豫才在重庆工作生活40余年;也可以说,他的大半生基本都在重庆。他曾经与家人失散18年,1954年才联系上,随后把家属接到重庆。1976年,他的妻子离世,而他也已经垂垂暮年,需要人照顾。这个时候,河南大学招收第一届先秦史研究生,但是指导先秦史的老师突然去世。于是,河南大学向郭豫才发出了邀请,他回到了母校。

在河南大学,先生指导三届共12名先秦史硕士研究生。现在他的学生基本都是高校、研究机构的教授或研究员,也有政府官员。郭豫才在河南大学完成了平生的夙愿,以民盟盟员的身份加入了中国共产党,并且成为省政协委员。1993年12月,驾鹤西去,为祖国、为事业贡献了辉煌的一生。

一、母校河南大学的召唤

20世纪70年代末,河南大学开始招收先秦史的硕士研究生,于是向郭豫才发出了邀请。1979年,郭豫才回到阔别40余年的母校——河南大学。

先秦史本来就很难,包括古文字、甲骨、金文、考古、先秦文献,甚至古天文等。本来古文字、甲骨、金文、考古、古天文是单

第十二章 回到母校河南大学及所做研究

独一个专业的,但是如果不懂得这些专业的知识,做先秦史就很不全面,而且也会搞不通。因此,在"文革"期间,有些人很浮躁,不愿意深入下去研究这些难搞又不见功的学问,以致研究先秦史的学者相当缺乏。

郭豫才一生主要研究的是先秦史和民族史,而且他所研究的范围较广。例如,对方言、古文字、训诂的研究,在学生时期就有较深厚的功底,之后在工作中得到进一步的锻炼,特别是琉璃阁古墓的发掘,以及对琉璃阁古墓出土器物的认定与研究,使他成为研究先秦史的著名学者;与胡石青合著《中国古代民族史》,也涉及先秦时期的许多史实;在礼乐馆,对民风民俗的研究,也有助于先秦史的研究。自大学毕业,经过40多年从事先秦史、民族史的实践和研究,郭豫才有着深厚的学术功底,也是中国先秦史学会的高级顾问。

1979年,郭豫才来到河南大学时已经70岁,不再给本科生上课,只指导先秦史的研究生。是时,河南大学的研究生是先秦秦汉不分家的,先秦研究生要上秦汉的课,秦汉研究生也要上先秦的课。郭豫才指导的第一届研究生是6个人,其中2个人研究秦汉史,4个人研究先秦史,但是研究秦汉史的研究生到工作岗位后的研究成果基本上是与先秦史有关的,说明郭豫才的指导对学生起到重要作用。

在河南大学,笔者作为先秦史的第二届硕士研究生,师从郭先生。我们这一届研究生是77级的大学生,即恢复高考后的第一届大学生,笔者毕业后就考取了郭先生的研究生。我们这一届共有3个研究生。

为了给我们这一届研究生上课,郭豫才写了6万多字的教学提纲。在写教学提纲的过程中,他阅读了《文物》《考古》《考古学报》《考古与文物》《古脊椎动物与古人类》《民族译丛》《民族研究》《历史研究》《中国史研究》等书刊,并从这些书刊中选择七八十篇学术论文,还有一些学术专著、书籍等,给研究生讲课,他要求我们必须了解学术动态,了解前沿性的研究成果,也指出哪些成果还存在问题。在讲课中,他结合学生的实际情况,不仅传授知识,也注意育人;对学生要求严格,辅导耐心,随时关心同学们的成长。

郭豫才认为,工作就是幸福。他思想比较纯净,淡泊名利,私心杂念也比较少。他好像从来不去逛街,星期天也从来没有休息过,一心扑在工作上。当时,河南大学的任访秋说:"你的生活简直像一个苦行僧!"郭豫才似乎又拿出年轻时在河南通志馆、河南博物馆的刻苦精神来对待研究生的指导工作。像他这样年龄的老先生,仍然在工作的可以说寥寥无几,而他却仍然繁忙。

郭豫才为我们讲授先秦史专题课,他讲课认真,循循善诱。使我们感受最深的是,他已70岁高龄,却对先秦史研究的动态了如指掌。我们毕业实习,要为本科生讲授两个星期的课。他每课必听,并认真地提出意见。我们的毕业论文,他都认真地阅读,并提出修改意见。

二、加入中国共产党

郭豫才自回到母校河南大学之后,在党组织的关怀下迅速地成长,并担任了很多的社会工作。他是河南省史学会的常务理事,每次开会都要提交论文并且参会。他还是河南省政协委员,经常开会,并提交议案,每次都是怀着极大的热情做这些工作。

在晚年,郭豫才向党组织提出了申请。其实,加入中国共产党是他多年的愿望。1956年,他还在西南师范学院时就曾向组织交过一次入党申请书。新中国成立不久,他自认为对党的认识还不够,而且很快就开始了反右斗争,这件事就搁置下来。但是,他执着于当年的愿望。1981年,在河南大学又向组织递交了入党申请书。

在这之前,郭豫才是中国民主同盟(简称民盟)的会员。之后,他靠近党组织,要求进步,在担任领导的工作中,组织观念很强。在教学与行政工作中,一直兢兢业业,积极努力,为党为社会主义培养人才,贡献自己的力量。

1981年6月29日,中共河南大学党委与历史系党支部经过讨论,批准郭豫才同志为中共预备党员。经过一年的预备期考察,1982年11月10日,中共河南大学党委批准他为中共党员。

三、周代农村公社的研究

郭豫才在1983年《河南师大学报》(社会科学版)第1期,发表《试论西周的公社问题》一文,对西周时期的公社性质进行研究。

周代,我国已经普遍建立起地方社会组织。这种社会组织,马克思曾经称为公社。公社的类型是不同的,是时有家庭公社,也有农村公社。那么,周代的社会组织是家庭公社还是农村公社呢?

郭豫才认为,研究周代地方社会组织的性质,必须明白家庭公社与农村公社的区别。恩格斯说:"这种家庭的根本之处在于,一是把非自由人包括在内,一是父权。"[①]恩格斯所说的这种社会组织形式就是家庭公社。

由此可见,家庭公社虽然把"非自由人包括在内",但是这个组织有浓厚的血缘关系,以父权为主导。而农村公社所在居住区的人们缺乏血缘关系,按地区划分国民。这就是家庭公社与农村公社的区别。

郭豫才提出:里和邑,基本上已经是周代的地方行政组织形式。从结构来观察,它是农村公社的残余。其中,值得注意的有两点:其一,里的建置在西周已经比较普遍;其二,里大都建立在和周王族缺乏血缘关系的居住区中。而百姓,指各级贵族。里君是一里之长,里是地域的基层行政单位,聚居着庶族、贵族以及工商和庶人等,形成以庶众为中心的农村公社。

郭豫才认为,殷商时期的地方社会组织形式是农村公社。他指出《尚书·酒诰》云:"越在外服,侯甸男卫邦伯;越在内服,百僚庶尹,惟亚惟服宗工,越百姓里居(君)。"

郭豫才认为,家在商代是指宗庙建制,周王及贵族也有宗庙。宗庙制度是家族制度的反映。

而商代的邑,有大小之别;大邑即都城,小邑为地方组织。

---

① 恩格斯:《家庭私有制和国家的起源》,《马克思恩格斯选集》第4卷,人民出版社,1975,第54页。

周初沿用其旧称,称京师为邑。在京师和封国里,又有卿大夫的采地,一般称采邑。而《尚书·酒诰》所说的"里"及"里君",即里的设置,应该是大邑(国)中有,野中也有。里君的地位在诸尹、百工之间,在百官、献民之间,是当时基层组织的官守。

郭豫才说:"里是西周社会的基层单位,里君是它的官守。它和邑不同,它不是以血缘关系而是以地域关系组织起来的,所以它大都设置在工商区'庶殷'集中区和庶姓贵族居住区。"①

周灭商之后,西周社会已经发展到由家长制家庭公社向奴隶社会过渡的阶段。周王族为了控制原商朝的广大统治区,就利用宗族关系进行分封,这样就使家庭公社残余长期保存下来了。周代家庭公社的特点主要表现在生产资料归谁所有,即土地归谁所有的问题,这是决定公社性质的大前提。西周土地是国家所有,绝不是什么公社所有。西周中期的土地交换、林场易主的情况虽然在不断发生。但土地国有制仍基本上保持着。西周的社会组织虽然名义上很像家庭公社,而生产资料所有制的性质实际上已经是农村公社的形式。

西周时期的社会结构是以邑、里为基层单位的。邑的结构反映了家庭公社的残余,里反映了农村公社的残余,虽然有时邑、里通用,但是有区别的。

西周时期农村公社虽然还保持着原有制度的片断,但从总的情况来考察,它已经发展到最后阶段了。

西周前期,宣王以前的剥削方式,即向民间征收赋税,主要

---

① 郭豫才:《试论西周的公社问题》,《河南师大学报》(社会科学版)1983年第1期。

是通过邑和里实现的，不是通过生产者个体家庭实现的。如《国语·鲁语下》云："先王制土，籍田以力，而砥其远迩；赋里以入，而量其有无；任力以夫，而议其老幼。"劳动者以夫或家为单位在田里劳动，完全是无偿的。《诗·大雅·甫田》曰："我取其陈，食我农人。"连饭食都由贵族供给。

郭豫才认为，西周时期的社会组织，即公社的性质最少有三种，即家庭公社、农村公社以及边鄙少数族的原始氏族公社。这些公社在发展过程中，随着地方的不同，具有不同的特点。但从总的情况看，它已经不是原始形态，而是显著的残余了。①

四、解析春秋时期的社会结构

郭豫才在1985年《河南大学学报》（社会科学版）第4期发表《论春秋时期的社会结构——兼论我国封建制生产关系的形成过程》一文。

郭豫才认为，我国春秋时期有一场大的社会变革，而春秋时期的社会结构，对封建制生产关系的形成有重要的作用。

郭豫才认为，春秋时期的社会结构有室、家、乡、遂、邑、里、州、丘、社（书社）、卒等。这些社会结构基本可分为三类：

（1）封国最高统治机构，有室、家，有时室、家通用。

（2）地方行政组织，如乡、遂、邑、州、丘等。

（3）祭祀和军事组织，如社（书社）、卒等。

郭豫才首先对室、家进行研究。他认为，室和家在商代都是

---

① 郭豫才：《试论西周的公社问题》，《河南师大学报》（社会科学版）1983年第1期。

祭祀的场所,商代祭祀祖先皆是在室、家中进行。室、家在周代应用范围较为广泛,并且已经演化为政权实体,同时又是财产之实体。例如,王室,是指周天子的政权实体,或者财产实体;公室,是指诸侯国君的政权实体,或者财产实体;家室,是指卿大夫的采邑、家室的政治财产实体。

是时,人们最重要的财产就是土地,拥有土地的人才能被称为王或者君。春秋时期,由于铁工具的使用,生产力迅速发展。诸侯各国为了谋取更多的财富,在争霸战争中占有优势,相继进行变革。

齐国实行"相地而衰征",晋国"作爰田",鲁国"初税亩",楚国灭国为县"量入修赋"等,相继实行土地制度及赋税制度的改革。更重要的是,各诸侯国的改革基本都根据尚军功、尚事功的原则。春秋后期,卿大夫家室因自己的军功、事功,发展壮大,如晋国的六卿、齐国的田氏等大族,已经各自形成政权实体。

如前所述,郭豫才认为,乡、遂、邑、里、州、丘是地方行政组织。

乡、遂。乡,繁体作鄉;甲文作𗛐(见《合集》23378)、金文作𗛐(《集成》11732),像两人相向就食之形。公卿之卿,乡党之乡,飨食之飨,皆为一字。乡,有地区之义。遂,在春秋时期亦有地区之义。乡、遂,在先秦古籍《国语·齐语》《左传》《管子》中皆有记载,但是成为一个比较完整的地方行政制度初见于《周礼》。

邑、里是西周以来最常见的社会组织。春秋时期的邑,有国君所辖县邑,有大夫的采邑等。里,有大小之分,国野中都有。

《礼记·杂记下》云:夫死后,"夫若无族矣,则前后家、东西家,无有,则里尹主之"。很明确地说里属于行政系统。里内居民一部分是贵族,还有从大家族中流移出来的分族,其长为宗,但已杂有臣妾、属役、宾客等。

州、丘。州属于乡遂系统,二千五百家为州。丘,属于都鄙系统,四邑为丘,丘十六井。

郭豫才认为,国、野、乡、遂与都、鄙的划分,实质上是阶级的划分。西周时期,只有贵族(士)才能充当甲,而庶民只能在军队中服杂役,即所谓"徒"。到了春秋时期,战争规模逐渐扩大,军赋只靠乡、遂供给,已感不足,才打破国野的界限,扩大到都、鄙。庶民的身份也跟着提高,阶级结构也就相应地变革。

社是祭祀上神的社会组织,先秦文献大都不把它列入行政系统。商周之际开始出现书社。宣王废籍田后,书社开始增多。但这时各国已普遍推行行政编制,书社不可能脱离行政编制而独立。郭豫才举出《礼记·郊特性》的记载:"唯为社事,单出里,唯为社田,国人毕作。唯社,丘乘共粢盛,所以报本反始也。"郑注:"单出里,皆往祭社于都鄙,二十五家为里。"故他认为,里就是社,里社就是农村公社的最后阶段。

除社以外,还有卒、旅、乘等,这些都属于军事组织。当时,军士都有份地,又要担负军赋,和土地占有、阶级状况都有很密切的关系。卒,齐、楚、晋都存在,但齐国已经将其列为地方组织。《齐语》云:"十邑为卒。"每邑三十家,一卒为三百家。

春秋之后,这些社会组织形式发生了很大的变化。郭豫才说:"室和家曾先后成为政权的实体,所谓政权的下移,实质是由奴隶制向封建制过渡。最高统治机构以下,各国已普遍建立地方行政系统,血缘组织逐步让位于地域组织,里社是最基层组织,各国普遍存在,家是最基本的单位。"①

春秋以后,封国土地占有关系的变化,赋税制度的变化,征收范围愈来愈大,庶民的社会地位也愈来愈高。

郭豫才认为:"在土地占有关系和赋制的变革过程中,由于土地占有关系从奴隶主贵族国家所有转化为部分奴隶主贵族所有,农业生产者从一无所有,到份地固定化、到有细微的经济,使奴隶主贵族和奴隶在经济上和政治上的地位,相应地起了质的变化,贵族地主和自耕农民、依附农民相继出现,这种变革过程,就是封建生产关系产生的过程。"②

五、战国时期封建制生产关系的研究

郭豫才在1987年《史学月刊》第1期,发表《论战国时期的封建土地国有制——再论我国封建制生产关系的形成过程》一文。他认为,中国封建制生产关系在春秋时期已经产生,封建制生产关系真正形成应在战国时期。

郭豫才认为,先秦时期土地制度中的大型井田,即籍田,如《诗经·周颂·噫嘻》的"终三十里"即描述了此种井田的景象,是属于家庭公社的特征。但是籍田,在西周晚期之春秋时期已经瓦解。

---

① 郭豫才:《论春秋时期的社会结构——兼论我国封建生产关系的形成过程》,《河南大学学报》(社会科学版)1985年第4期。
② 同上。

小型井田，如《孟子》中的"八家共井"以及《周礼·地宫》里的"九夫为井"，即里，亦即农村公社景象。小型井田的现象却仍在发展。战国时期的小型井田，亦即里，是自春秋时期发展而来的。郭豫才说："计口授田是战国时期封建土地国有制的主要内容。所谓计口授田，就是以一家一户为生产单位，又按口数多寡进行授田。但这时的小农和秦汉以后的小农不同，因为当时井田制尚在，各户之间仍需互助协作，这是与当时的生产力水平相适应的。"①

魏国在战国时期实行计口授田，史有明载。如《吕氏春秋·乐成篇》云："魏氏之行田也，以百亩；邺独二百亩，是田恶也。"又《汉书·食货志》曰："今一夫挟五口，治田百亩，岁收亩一石半。为粟百五十石。"魏国以五口之家为授田单位，一家授田百亩，视田好坏而有差等。另外，计口授田在战国时期的魏、秦、齐、鲁都推行过。《周礼·乡大夫》记载，国中男子服役年龄是自七尺至六十岁，野自六尺至六十五岁。可能也是指授田、还田的年龄。古代以男子身长六尺为十五岁，七尺算是成年。

计口授田，是封建国家将农民束缚于土地上的重要手段。战国时期各国对农民的迁徙控制很严。《商君书·垦令》就有"使民无得擅徙"的记载。齐国和鲁国据《周礼》记载对诸侯国的地方组织、户口编制都有详细的记录和严格的管理，如乡有家、比、闾、族、党、州、乡，遂有家、邻、里、鄼、鄙、县、遂等。加强地方组织和户口编制的目的很明确，《管子·禁藏》曰："夫善牧

---

① 郭豫才：《论战国时期的封建土地国有制——再论我国封建制生产关系的形成过程》，《史学月刊》1987年第1期。

民者,非以城郭也,辅之以什,司之以伍,伍无非其人,人无非其里;里无非其家,故奔亡者无所匿,迁徙者无所容,不求而约,不召而来,故民无流亡之意,吏无备追之忧。"又云:"户籍田结者,所以知贫富之不訾也,故善者必先知其田,乃知真人,田备然后民可足也。"注:"每户置籍,每田结其多少,则贫富不依曾限者,可知也。"

战国时期,诸侯各国不仅用地方组织、户口编制,并设官分职,去管理限制农民,当然对这些计口授田的农夫还进行粟米之征。

郭豫才认为,战国时期的土地所有制形式中,除封建土地国有制为主导形式外,地主所有制、个体农民所有制也在继续发展,大工商业主除使用奴隶从事手工业生产外,也兼营土地。而春秋时期产生、战国时期形成的计口授田制度,是导致战国时期封建制生产关系真正形成的重要原因。

六、南朝封建土地所有制的研究

郭豫才在1981年《河南师大学报》(社会科学版)第2期,发表《南朝封建土地所有制研究》一文,他认为南朝时期国家土地所有制相对衰弱,大地主土地所有制相对加强。

郭豫才指出,从东晋到陈,就是南朝时期。南朝时期封建国家的土地所有制形式主要有三种:①封建国家所有制,即皇帝、皇室所有制,实际上仍是地主所有制,它是从奴隶主贵族国有制转化而来的。土地国家所有制在衰落。②地主所有制,地主又分为若干阶层。寺院所有制,只是僧俗不同,也包括在里面。地主土地所有制相对加强。③个体农民所有制,在战国时期农民对于土地一般只有占有权,到南朝时期所有权已经确立了。

(一) 封建国家的国有土地

郭豫才认为,南朝时期的封建国家一直都掌握国有土地,这些土地分布在江、荆、扬各州。国有土地的名目主要有屯田和嘐田。这部分土地都和军事有关。当时南北战争还是不断发生,人民迁徙以后,土地荒芜,为了解决军粮,沿袭汉魏屯田办法,分派军士进行屯垦。

公田和官地:南朝还沿袭着西晋的官品占田制度。据《晋书·陶潜传》所载,陶潜为彭泽令,曾使县公田一顷五十亩种秫,五十亩种粳,合计二顷。官品占田制,在南朝时期,确实存在。

官地,《梁书·帝纪二》记载梁天监十七年诏曰:"若流移之后,本乡无复居宅者,村司三老及余亲属,即为诣县,占请村内官地官宅。"村里这些官地,也是公田的一种。

苑囿和脂泽田,也是由皇室直接掌握的一部分土地。《南齐书·帝纪六》。东晋义熙九年(413年),"罢临沂、湖熟皇后脂泽田四十顷,以赐贫人"。

山林川泽本为封建国家所掌握,但在南朝就是豪强地主争夺的主要对象。

梁沈约《宋书》卷五十四《羊玄保列传》云:"今更刊革,立制五条。凡是山泽,先常炽爒,种养竹木杂果为林芿,及陂湖江海鱼梁鳅鲎场,常加功修作者,听不追夺。官品第一第二,听占山三顷,第三第四品二顷五十亩,第五第六品二顷,第七第八品一顷五十亩,第九品及百姓一顷,皆依定格,条上赀簿。若先已占山,不得更占,先占阙少,依限占足。"

郭豫才说:"豪族侵夺山泽正式被封建政府所承认,并把它法典化了。这是豪族在合法占田占奴婢以后又取得一次胜利,它标志着地主所有制发展的一个新的阶段;另一方面,说明封建国家所有制最后的阵地,也被突破了。"[1]

在封建国家所掌握的公地上,还有一种名曰"屯"或"顿"的垦荒组织。有公屯、私屯,顾名思义,公屯即封建国家所建,私屯即私人所建。

顿和舍连称,也是组织失业农民进行垦荒的一种组织。《陈书·帝纪五》陈宣帝太建五年(573年)诏云:"台遣镇监一人,共刺史津主分明检押,给地赋田,各立顿舍。"这里的顿,就是屯;而舍和传、邸相近,是商业性组织。

郭豫才说:"南朝封建政府所直接控制的土地……屯田是随设随罢,很不稳定;官品占田,东晋和刘宋以后,很少见诸记录;山林川泽,大部分为豪门士族所占固。封建国家所有制,愈来愈削弱……南朝封建政府所直接掌握的土地,不如北朝多,较之秦汉时期,有明显减少趋势,就南朝而论,东晋时期,掌握的较多,同样是逐渐减少。所以封建国家所有制不是在上升,而是在下降。"[2]

---

[1] 郭豫才:《南朝封建土地所有制研究》,《河南师大学报》(社会科学版)1981年第2期。

[2] 同上。

（二）封建地主的土地所有制

南朝的地主，有士族地主和庶姓地主。士族地主又有南北之分。北方士族（即侨姓）地主，是西晋灭亡后随政权南迁的地主；南方豪门士族，是自西晋时期就定居在江南的豪族。庶姓地主，像豪族一样有南北之分。

北方士族地主在江南原无土地，渡江以后凭借政治特权或其他手段侵占不少田地，如王导在钟山"有良田八十余顷"。

《宋书·谢灵运》记载："因父、祖之资，生业甚厚，奴僮既众，义故门生数百。凿山浚湖，功役无已。寻山陟岭，必造幽峻，岩嶂千重，莫不备尽；登蹑常着木屐，上山则去前齿，下山去其后齿。尝自始宁南山，伐木开径，直至临海，从者数百人。临海太守王琇惊骇，谓为山贼，徐知是灵运，乃安。……在会稽亦多徒众，惊动县邑。……会稽东郭有回踵湖，灵运求决以为田。文帝令州郡履行。此湖去郭近，水物所出，百姓惜之，竟坚执不与。灵运既不得回踵，又求始宁岉崲湖为田。"

从谢灵运贪占的野心可以看出，南朝的田地、山川多被豪族所占，而国家当然就处于被动、软弱的局面。南朝贵族是多么的贪婪，所占田产、山川、湖泊之多、之广，也令人咂舌。

《晋书》卷六十九《刁协列传》记载：刁逵"兄弟子侄并不拘名，以货殖为务，有田万顷，奴婢数千人……刁氏素殷富，奴客纵横，固吝山泽，为京口之蠹。裕散其资蓄，令百姓称力而取之，弥日不尽。时天下饥弊，编户赖刁之以济焉"。

编户齐民不依靠国家政府，却要依靠豪族世家，这当然是国家政府的悲哀。

江南豪族由于在江南地区年代久远,根基深厚。江南士族的土地占有情况,记录较多,所占土地也较广。

例如,会稽孔家占领了大量的庄园、肥田沃产。《宋书》卷五十四《孔季恭列传》记载:"(孔)灵符家本丰,产业甚广。又于永兴立墅,周回三十三里,水陆地二百六十五顷,含带二山,又有果园九处。"

吴郡(今江苏省苏州市)陆氏,可以役使官兵、藏匿"通亡"经营屯、邸。陆氏有宅在长谷,此处有清泉茂林,实际上是封略山湖。《晋书》卷五十八《周处列传附》:"临淮太守乌程公。札一门五侯,并居列位。吴士贵盛,莫与为比。"又"札(周)性贪财好色,唯以产业为务"。

《梁书》卷五十二《顾宪之列传》云:"司徒竟陵王于宣城、临成、定陵三县界立屯,封山泽数百里,禁民樵采。宪之固陈不可,言甚切直。王答之曰:'非君无以闻此德音。'即命无禁。"

据《宋书》卷六十七《谢灵运列传》记载,谢灵运《山居赋》云:"自园之田,自田之湖,泛滥川上,缅邈水区,浚潭涧而窈窕,除菰洲之纤余,毖温泉于春流,驰寒波而秋徂。风生浪于兰渚,日倒景于椒涂。飞渐榭于中沚,取水月之欢娱。"以上所描绘的真是一个豪门士族居住庄园豪宅的图景,当然在这个庄园豪宅之中还有很多的奴婢、僮客、佃客、员吏、部曲、门生义附等。庄园是自给自足的自然经济,如《山居赋》中说:"供粒食与浆饮,谢工商与衡牧。"

另外,寺院所有制实质上仍是封建地主所有制,只是僧俗不同而已。南朝时期,佛教有了极大的发展。

杜牧诗云:

千里莺啼绿映红,水村山郭酒旗风。

南朝四百八十寺,多少楼台烟雨中。

正是表现了南朝这个时期佛寺发展的盛况,特别是梁朝时期,梁武帝崇尚佛教,佛教、佛寺进入了大发展时期。《南史·循史·郭祖深传》记载:"都下佛寺,五百余所,穷极宏丽。僧尼十余万,资产丰沃。所在郡县,不可胜言。道人又有白徒,尼则皆畜养女,皆不贯人籍,天下户口几亡其半。而僧尼多非法,养女皆服罗纨。其蠹俗伤法,抑由于此。请精加检括,若无道行,四十以下,皆使还俗附农。罢白徒养女,听畜奴婢。婢唯着青布衣,僧尼皆令蔬食。如此,则法兴俗盛,国富人殷。不然,恐方来处处成寺,家家剃落,尺土一人,非复国有。"

寺院占据了大片的良田,并招纳了大量的僧众,使"天下户口,几亡其半",也成为破坏社会经济的主要力量。

郭豫才认为:"南朝的土地占有的性质,私有制是主导的,并且较诸秦汉时期已经大大的向前发展了一步,封建国家所有制已经退居于不足轻重的地位。"①

郭豫才还认为,虽然南朝时期封建国家所有制已经退居于不足轻重的地位,但是对社会生产力的迅速发展却有极大的好处。

---

① 郭豫才:《南朝封建土地所有制研究》,《河南师大学报》(社会科学版)1981年第2期。

(三)南朝土地的买卖

南朝时期豪强地主把土地,甚至山川视为私有。谢灵运在《山居赋》自注中说:"若少私寡欲,充命则足,但非田无以立耳。"《宋书》卷五十八《王惠列传》记载王惠谓其兄王鉴的一段话中,惠曰:"何用田为?"鉴怒曰:"无田何由得食?"

郭豫才还说:"六朝墓葬里曾发见三件买地券,其中包括吴凤凰二年,晋太康六年和晋元康五年各一件,都系铅质。其中晋太康六年一件,正面的文字是'太康六年六月二十四日,吴故左郎中立节校尉丹阳江宁曹翌,字永翔,年卅三亡,买石子岗处身之田地方十里直钱百万以葬,不得有侵扣之者,券书分明。'这可以充分反映土地私有的情况。"① 南朝的土地所有制,应该说是私有制。

个体农民所有制是不是私有制呢?《晋书》卷四十六《李重列传》记载,西晋太中大夫恬和上疏要求禁百姓卖田宅。尚书郎李重驳曰:"盖以诸侯之轨既灭,而井田之制未复,则王者之法,不得制人私之也。"

郭豫才说:"郭原平买田数十亩,颜延之买人田不还直,吴达之有十亩土地可以货卖,萧宏通过高利贷夺百姓的土地,可见农民买卖土地,也是一种普遍现象,应该说,也是私有制。"② 他认为,南朝的土地是可以买卖的,封建国家土地所有制已经退居于不足轻重的地位。

---

① 郭豫才:《南朝封建土地所有制研究》,《河南师大学报》(社会科学版)1981年第2期。
② 同上。

(四) 南朝生产力的发展

郭豫才说:"过去的史学家认为魏晋南北朝时期是'中衰时代',认为这个时期,劳动力减少了,生产凋敝了,农作方法反而粗放了。我认为这种看法至少是不够全面的,因为只看到消极的一面,而忽略了积极发展的一面。"①

郭豫才认为,自东汉时期起,中原地区的先进生产技术,包括牛耕、铁工具、养蚕业等,不断地推广到江南。三国时期,北方人民大量南徙,生产技术在原有的基础上有更大的发展。

北方人民不断南徙,先进的耕作技术也不断被带到江南。河内轵人郭文自洛阳陷后,步担入余杭大径山中。《晋书·列传六十》云:"(郭文)区种菽麦,采竹叶木实,贸盐以自供。食有余谷,辄恤穷匮。"此种方法,在当时是旱田耕作的先进技术,同时北方农作物菽麦等,已经在江南推广。

铁农具的广泛使用,冶铁业有了进一步的发展。坡塘水利,在江南更为普遍。经过农民的不断辛勤劳动,南朝的社会生产力在不断发展,尤其是三吴地区更为显著。《宋书·孔季恭传》说:"会土带海傍湖,良畴亦数十万顷,膏腴土地,亩值一金。"《陈书·宣帝纪》说:"良畴美拓,畦畎相望,连宇高甍,阡陌如绣。"

---

① 郭豫才:《南朝封建土地所有制研究》,《河南师大学报》(社会科学版)1981年第2期。

（五）提出南朝封建土地所有制观点

郭豫才认为，南朝封建土地所有制的基本形式有三种，即封建国家所有制，地主所有制（包括寺院所有制）和个体农民所有制；但是地主土地所有制（从士族到庶族）始终占支配地位，封建国家所有制已退居不足轻重的地位，个体农民所有制本来就是地主所有制的补充，这时更加萎缩。南朝政权是以封建大土地所有制为其统治基础的。

南朝时期土地买卖非常盛行，并且普遍使用文券。土地私有观念更为显著。很多破产农民，被束缚在田园别墅里，担负各种劳役，人格依附关系非常强烈。

郭豫才认为，这是我国封建社会发展到第二阶段的特点，从东汉到唐代，这一历史时期也是豪门士族大土地所有制从形成到解体的时期。

封建大土地所有制从形成到解体的历程，自东汉以来有将近六个世纪的历史。它不是历史上一种偶然现象，也不是历史的倒退，而是我国封建土地所有制发展的必经阶段，是地产作为商品出现后的必然结果。

南朝豪门地主有条件较大规模地开垦荒地和凿山浚湖，加以农具的改进、农业技术的提高以及水利的兴修等，经过农民的辛勤劳动，江南在不断开发，社会经济在缓慢地发展着。生产关系必须适应生产力状况这一基本规律，并没有因大土地所有制的发展而完全失效。

虽然，整个地主阶级到了南朝时期，毫无疑义地已经走向反动,但封建大土地所有制(主要是指庶族大地主)是仍有发展余地的。[1]

关于南朝豪门地主土地所有制的形成,国有土地制度的衰弱,郭豫才认为这是"我国封建土地所有制发展的必经阶段",而且生产力也有一定程度的发展等,这些观点对研究南朝历史和政治制度有一定的启迪作用。

---

[1] 郭豫才:《南朝封建土地所有制研究》,《河南师大学报》(社会科学版)1981年第2期。

附 录

郭豫才年表

1909年10月　郭豫才出生于河南省滑县。

1919年9月至1924年7月　河南滑县郭固寺小学读书。

1924年9月至1927年7月　河南汲县十二中学读书(初中)。

1927年9月至1928年7月　开封中州大学附中读书(高中)。

1928年9月至1930年7月　河南大学预科读书。

1930年9月至1934年7月　河南大学本科读书。

1934年8月至1936年7月　河南通志馆协修。

1936年8月至1940年4月　河南博物馆研究员。

1936年8月　河南博物馆派郭豫才主持琉璃阁墓地的第二次发掘,参加发掘者有许敬参、李祥岑、穆培元、曹作等。

1936年10月　与河南博物馆同事前往豫西进行文物考察,主要考察荥阳广武遗址、渑池仰韶遗址、洛阳登封"地中"。

1936年12月至1937年1月　与关百益先生考察洛阳龙门石窟,对所有洞窟的佛像、石刻进行拍照、拓片,并在龙门东山发现了许多前人未发现、未记载的洞窟、佛像和石刻,之后写成《伊阙古迹图》一书。

1937年　整理琉璃阁遗址出土的文物,并进行认定和研究。

1938年6月　护送河南文物南迁重庆。

1938年　卜居北碚,住在胡石青先生家中。

1940年8月至1945年7月　重庆"管理中英庚款董事会"任科学工作者协助。

1940年　与胡石青共同获批中英庚款项目——《中国古代民族史》。

1941年2月　胡石青去世,组织胡石青遗著整理委员会,并承担主要整理工作。

1945年8月至1946年7月　国立礼乐馆编审。

1946年8月至1950年7月　重庆国立女子师范学院史地系教授。

1950年8月至1979年8月　重庆西南师范学院历史系教授,兼任该校筹委会秘书长、代理校委会主任委员、教务长、历史系主任等职。

1979年9月　河南大学历史系教授。

1981年6月29日　中共河南大学党委批准郭豫才为中共预备党员。

1982年11月10日　中共河南大学党委批准郭豫才为中共党员。

1986年11月8日　郭豫才退休。

1993年12月17日　驾鹤西去,走完了他丰富多彩的一生。

郭豫才著录表（本著录表所收著作不全）

1934年　大学读书期间，撰写《字源》获河南省教育厅奖。

1934年　入职河南通志馆撰写"方言"部分。

1935年　在《禹贡》第3卷第6期发表《"覃怀"考》。

1935年　在《禹贡》第3卷第9期发表《明代河南诸王府之建置及其袭封统系表》。

1936年　在《河南博物馆馆刊》第2期发表《论古代测景与地中》。

1936年　在《河南博物馆馆刊》第3期发表《道光二十一年黄河围城档案》。

1936年　在《河南博物馆馆刊》第4期发表《说文方言移录后记》。

1936年　在《河南博物馆馆刊》第5期发表《说文方言移录后记》（续）。

1937年　与关百益先生共同写成《伊阙古迹图》一书。

1937年　在《河南博物馆馆刊》第6期发表《说贝》。

1937年　在《河南博物馆馆刊》第7—8期发表《说兵器》。

1937年　在《河南博物馆馆刊》第7—8期发表《说文方言移录后记》。

1937年　在《河南博物馆馆刊》第9期发表《说毕》。

1937年　在《河南博物馆馆刊》第9期发表《殷周民族与井水文化》。

1937年　在《河南博物馆馆刊》第10期发表《说文方言移

录后记》(续)。

1937 年　在《河南博物馆馆刊》第 10 期发表《说甗》。

1937 年　在《禹贡》第 7 卷第 10 期发表《洪洞移民传说之考实》。

1937 年　在《河南博物馆馆刊》第 11 期发表《说车器》。

1937 年　在《河南博物馆馆刊》第 11 期发表《仰韶器物小记》。

1937 年　在《河南博物馆馆刊》第 13 期发表《说豆》。

1938 年　在《河南博物馆馆刊》第 14 期发表《广武残瑗记》。

1946 年　在《采风》发表《北碚转房俗的采访及初步分析》。

1946 年　在《采风》发表《北碚的婚俗》。

1946 年　在《采风》发表《北碚的壇》。

1981 年　在《河南师大学报》(社会科学版)第 2 期发表《南朝封建土地所有制研究》。

1983 年　在《河南师大学报》(社会科学版)第 1 期发表《试论西周的公社问题》。

1985 年　在《河南大学学报》(社会科学版)第 4 期发表《论春秋时期的社会结构——兼论我国封建制生产关系的形成过程》。

1986 年　在《河南文史资料》第 19 辑发表《回忆胡石青先生》。

1987 年　在《史学月刊》第 1 期发表《论战国时期的封建土地国有制——再论我国封建制生产关系的形成过程》。

1988 年　在《河南文史资料》第 28 辑发表《胡石青事迹闻见录》。

后　　记

　　记得有一次我参加河南博物院主办的学术会议,见到郭豫才先生在工地上主持发掘琉璃阁遗址时所拍的照片。当时我大吃一惊,这是河南大学的郭先生吗?博物院的同仁们说:"是的,就是你们的郭先生!"继而我又了解到,抗战时期先生冒着日寇的飞机炸弹、熊熊战火护送河南文物南迁重庆,是保护国家珍宝的功臣。我激动的心久久不能平静。回到学校后,我打电话询问郭豫才先生的外孙——历史文化学院刘跃令先生,向他核实情况。刘跃令先生也证实了我在河南博物院所得到的情况是郭先生的亲身经历。我不禁喃喃地说:"先生当年给我们上课,为什么没有给我们讲过他的这些辉煌经历呢?"

　　我想,作为学生如果不把先生的这些辉煌功绩写出来,这些事情也许会永远被覆盖在历史表层之下,或许有一天人们在翻阅资料时,看到先生的名字,或者某些片段材料,不经意看一眼,稍微感叹一声,轻轻翻过……

　　为了不忘记前辈的历史贡献,为了对历史负责,我对自己说:"必须写出来,不能把先生的功绩永远埋没在历史的表层之下,朦胧之中!"

　　那年,我写了一篇《我国新史学与早期考古的先驱郭豫才先生》的文章,发表在《中原文物》2014年第2期。文章发表之后,我才算稍微松一口气。文章发表,就有影响。2020年,先生的家乡滑县县志办公室的绳红生先生给我打电话,说是滑县修县志,在网上查到我给郭先生写的那篇文章,想用在他们县志上,问我是否同意。我当然毫不犹豫地立即同意。其实,我对滑县县志办公室的同志是非常感谢的,能把先生的事迹记载、宣传,不正是我的愿望吗!

2022年,是我们河南大学110周年校庆。《河南日报》征集河南大学"名人小传",以宣传河大,先生之名在其列。河南大学历史文化学院打电话要我来写先生,我也毫不推辞地接受。今已经写好,《河南日报》的"名人栏目"准备在河南大学110周年校庆前后发表。

另外就是从去年开始,学校设立"夷门传薪学人传"的项目,发动教师撰写河南大学的名人,为其立传。我认为在学校的支持下为先生写传,这是一个不可多得的机会。

在给先生写传的过程中,我又一次查阅材料,对先生的事迹有更深一步的了解,又一次被先生的事迹所感动。

先生1934年大学毕业,踌躇满志,毕业后的第一年就在《禹贡》上发表文章,三年之内在各级刊物上发表20多篇文章;1936年8月,先生大学毕业刚刚两年就被派去主持发掘琉璃阁遗址,并对琉璃阁墓地出土文物进行认定和研究,写出发掘报告;1938年护送河南文物南迁重庆,先生是保护国家文物的功臣。

1938年国民政府扒开郑州花园口大堤,中原地区受到严重的水灾。先生与他的同事们组成河南同乡会,演讲、集会,含泪为灾区募捐,多次通电国民政府要求赈济河南灾区人民。看到那些文字,犹如看到那颗热爱家乡、热爱人民的滚烫的心!

20世纪二三十年代,随着考古学与人类学传入我国,"中国人种西来说""中国文化西来说"的观点甚嚣尘上,充斥中国文化界。先生与他的老师胡石青先生坚决反对这些观点,共同申报"管理中英庚款董事会"的一个项目——《中国古代民族史》,其基调就是认为中国人种和上下五千年的文化是在本土产生的,表现出满腔的爱国热忱。

1946年,先生被女子师院聘为教授。1950年,女子师院与四川省立教育学院合并为西南师范学院。先生先后担任西南师范学院筹委会委员兼秘书长、校务委员兼代理校委会主任、教务长及长达23年的历史系主任等职。先生参与了西南师范学院(今西南大学)建立与发展的全过程,有奠基之功,也是新中国高等教育的奠基者之一。

当我们在学术的道路上努力攀爬时,会发现那一个个闪光的印痕,是开拓者和奠基者的汗水和心血的结晶。正是这些闪光的晶石,使我们能够站在前人的肩膀上,站高望远,挑战未来。我们今天所进行的事业只有在前人研究的基础上,才能达到更远大的目标。我们更能理解、尊重开拓者的辛勤付出和贡献。

河南大学　李玉洁

2022年6月20日于闲云书屋